光文社文庫

文庫書下ろし

B♭
しおさい楽器店ストーリー

喜多嶋 隆

光 文 社

この作品は光文社文庫のために書下ろされました。

『B♭ しおさい楽器店ストーリー』目　次

1　ならず者は、ふらふら

「あ、イーグルスの〈デスペラード〉」と涼夏《すずか》。

「でも……音が少しふらふら」とつぶやいた。


♪


横須賀。夜の10時半。

僕は、7時から10時までなじみの店で演奏をしてきた。二日酔いしたギタリストのピンチヒッターで、20曲ほど弾《ひ》いてきた。

そのギャラを受けとり、さっき店を出た。従妹《いとこ》の涼夏と並んで、車を駐《と》めたコインパーキングに歩きはじめたところだった。

♪

歩きはじめたそのとき、ふとピアノの演奏が聞こえてきた。イーグルスの〈Desperado《デスペラード》〉を弾いている。日本語では〈ならず者〉というひどく野暮《やぼ》なタイトルがつけられた曲だ。

僕と涼夏は、足を止めた。

ファッション・ビルの〈モアーズ〉と、すぐそばの〈京急《けいきゅう》・横須賀中央駅〉の間に屋根がついたオープン・スペースがある。そこに、一台のピアノが置かれていた。黒いアップライト型のピアノ。ピアノのわきには白で音符の絵が描かれている。

だいぶ前から流行《はや》っている、いわゆる〈駅ピアノ〉。誰でも弾けるようになっているものだ。

いま、〈デスペラード〉はその駅ピアノから流れてきていた。なかなか上手《うま》い演奏だった。が、涼夏が〈音が少しふらふら〉と言った。この子らしい言い方で、僕は苦笑したが、その理由はわかっていた。

ピアノの調律がずれているのだ。

〈駅ピアノ〉は、通りがかりの人が誰でも弾ける。中には、乱暴に弾くやつもいるだろう。

そのせいか、鍵盤のいくつかで調律、つまりチューニングがずれてしまっている。

普通は気づかないほどの音程のずれだが、鋭敏な涼夏の耳がそれに気づいたらしい。

僕らは、ピアノの方に近づいていく……。

僕は、内心〈ほう……〉とつぶやいていた。弾いているのが小さな女の子だったからだ。小学生に見えた。5年生、あるいは6年生……。

体はまだ華奢《きゃしゃ》だ。デニムのショートパンツに、黄色いTシャツ。髪は二つに分けてゴムで束ねている。小さなデイパックを背負ったまま、ピアノを弾いている。曲に合わせて、束ねた髪がかすかに揺れている。


♪


涼夏と僕は、5メートルほど離れてそのピアノを聴いていた。ほかにも、通りがかりの大人が4、5人立ち止まっている。

その子は、まだ小さな手を鍵盤に走らせている。

ピアノの調律が微妙にずれているのを気にしなければ、ちゃんとした演奏だった。他人《ひと》に聞かせるというより、自分が好きで弾いてる感じだった。

凄いテクニックというわけではない。けれど、この年の子が、イーグルス……。まず、それが気になった。

さらに、その小さい手が弾くフレーズに何か引っかかるものを僕は感じていた。

それはそれとして……もう、夜の10時半。小学生が一人でこんな繁華街にいるのも少し不思議だった。そのとき、「なかなかうまいじゃん」という、柄の悪い声が聞こえた。

♪

高校生ぐらいの年頃の男が2人。1人は、髪を灰色《アッシュ》に染めている。もう1人は、派手なピアスをして〈ハードロック・カフェ〉のTシャツを着ている。

どうやら、2人ともかなり酔っている。あるいは、どこかで手に入れた大麻……。

ピアノを弾いてた子は、手を止めてやつらを見た。その表情が少しこわばっている。

アッシュ髪のやつが、にやにやしながら、

「ほら、お上手なピアノの演奏代」と言い、10円玉をピアノの鍵盤にぽんと投げた。

3秒後……。女の子は、鍵盤の上の10円玉をつかみ、相手の足元に投げ返した。

「このガキ！」とアッシュ髪。かっとした叫び声。

女の子が背負ってるデイパックを、後ろから思い切り引いた。女の子は、ピアノの椅子から転げ落ちた。小さな悲鳴。そのとき、

「やめときな、坊や」僕は言った。


♪


僕はもう、持っていたギター・ケースを涼夏に渡していた。その2人と向かい合った。

「なんだ……」とアッシュ髪。僕を睨《にら》んだ。が、その表情がすでにひるんでいる。

やつらは2人とも身長165センチほど。

比べて、僕は175センチ。しかも、派手なスカジャンを着て濃い色のサングラスをかけている。

スカジャンは、さっき店に来てたアメリカ兵が、演奏に感激してプレゼントしてくれたもの。黒地に金色で竜が刺繍されている、派手でなかなか凄みのあるものだ。

サングラスのせいで、実際の21歳よりは上に見えるだろう。その筋の危険な人間にも

見えるかもしれない……。2人は、半歩後退。

「この横須賀の町じゃ、いかれた坊やはボコボコにしていい事になってるのは知ってるだろう？」と僕。低い声で、

「悪いが、遠慮なくやらせてもらう」と言いながら、一歩つめた。

2人は、じりじりと後退……。身をひるがえして走り去った。


♪


「大丈夫⁉」と涼夏。女の子に駆け寄った。

女の子は、もう立ち上がっていた。ひどい怪我はしていないようだ。だが、

「膝《ひざ》が……」と涼夏。確かに、その子の左膝には擦《す》り傷ができて、血がにじんでいた。

「歩けるか？」と僕。彼女は、1、2歩……。が、膝が痛むようだ。「痛《い》つ……」とつぶやいた。

「無理に歩かなくていいよ。家はどこなんだ」訊《き》くと、

「……葉山……」その子は小声で言った。僕と涼夏は、顔を見合わせた。うちと同じだ。

♪


その10分後。その子を後ろのシートに乗せ、車は葉山に向かっていた。

「で、家は葉山のどこ？」ステアリングを握って僕は訊いた。

「一色《いっしき》」とだけ、ぶっきらぼうな答えが返ってきた。

〈助けてやったのに、無愛想なやつだ〉僕は、胸の中でつぶやく。まあ、小学生ならそんなものなのか……。とりあえず、住所が一色なら、それもうちと同じだ。一色もかなり広いが、この子の住所は葉山に着いてから訊けばいいだろう。

「おれは哲也《てつや》、この子は涼夏、でお前さんの名前は？」

「久美《くみ》」その子がぼそっと言った。僕はうなずいた。やがて、久美が持っているデイパックからスマートフォンを取り出したのが、ルーム・ミラーに映った。メールかラインを送信している気配。

「家にメールか？」と僕。

「お爺《じい》ちゃんにメール」久美が答えた。という事は、

「爺さんと住んでるのか？」

「だいたいは……」とだけ久美は言った。

〈だいたいは爺さんと住んでる?〉僕は胸の中でつぶやいていた。なんだ、それは……。が、それ以上は訊かなかった。葉山の家まで送ればそこで別れるのだから……。やがて、久美は、デイパックから何か取り出して食べはじめた気配……。

♪

ブレーキ。葉山一色。うちの店の前に停まった。僕は、後ろのシートを振り返る。

「一色に着いたぜ」と久美に声をかけた。が、なんの返事もない。僕と助手席の涼夏は、ふり向いた。見れば、久美は眠っていた。膝の上にデイパックをのせて、眠っている。

「ああ、寝ちゃったぜ」と僕。

「起きろよ」と、寝ている久美の肩を揺すった。ダメだ。久美は、口を半開きにして眠っている。もう一度、肩を揺すった。けれど、やはりダメだ。目を開く気配がない。

「仕方ないな……どうするか……」僕はつぶやいた。

「とりあえず、店に……」と涼夏。僕は、うなずいた。久美をそっと抱き上げた。

意外にそう軽くはない。なんとか抱き上げて運べるけれど……。久美の寝息からは、かすかに甘い匂いがしていた。さっきデイパックから出して食べていたのは、ビスケットかクッキーだったらしい。

楽器店のすみには、閉店したカフェがくれた古ぼけたソファーがある。そこへ久美を寝かせた。

♪

「これでいいかな」僕は、つぶやいた。

擦りむいた久美の膝。ウエットティシューで血をぬぐった。そこに消毒薬を塗ってやったところだった。久美は、相変わらず口を少し開いて眠っている。

「それにしても、もうこんな時間だぜ」と僕。時計をみれば夜中近くの11時半だ。この子の家族は心配してないのだろうか……。

「せめて、この子の苗字が知りたいな」僕は言った。涼夏が車から持ってきた久美のデイパック。その中身を出してみてくれ」と僕は涼夏に言った。

♪

「譜面《スコアー》のノートね……」と涼夏。一冊のノートを手にした。

五線譜のノート。そこには、手書きで曲のスコアーが書いてある。

僕は、ぱらぱらとめくってみる。

ビートルズ、イーグルス、M《マライア》・キャリーなどなど……。そんなミュージシャンのナンバーでも、バラードが多い。さらに新しいものでは、A《アリシア》・キーズやB《ビリー》・アイリッシュまである。

そのノートの裏表紙。小さな字で、〈梶谷《かじたに》久美〉の名前があった。

「苗字はわかったな」と僕。店の電話をとった。葉山警察署にかける。運良く、巡査の常盤《ときわ》は署にいた。どうやら夜勤らしい。

「なんだ哲也《てつや》、こんな時間に。また殴り合いでもしたのか？」

「そんな物騒な事じゃない。そっちに、梶谷って子の捜索願いは出てないか？」

「梶谷？　子供か？」

「ああ、たぶん小学生だ」

「5分待て」と常盤。5分も待たずに答えが返ってきた。

「いま、捜索願いが出てるのは2件。どれも認知症の高齢者だな」と常盤。

「わかった。ありがとよ」

♪


「可愛いわね……」と涼夏。寝ている久美に顔を近づけてつぶやいた。

涼夏は、ひどい弱視。なので、久美の顔をよく見るために、顔を近づけたらしい。

久美の前髪は、眉のところで切り揃えてある。

鼻は高くない。が、まつ毛が長くカールしている。軽く開いた唇は、ぽっちゃりとしている。その年頃らしいあどけない寝顔は、可愛いと言えなくもない。

「捜索願いも出てないんじゃ、今晩は泊めるしかないな」僕は、つぶやいた。

朝になれば、自宅の場所が聞き出せるだろう……。それから送っていくしかない。

僕は、冷蔵庫から出した缶ビールに口をつけた。

この久美という子との出会いが、大きな意味を持つ事になるとは、この時は思ってもいなかった。

2　シラスのような歌声

「あ、古いワーゲンが来た……」

と涼夏がつぶやいた。僕にはまだそのエンジン音が聞こえていないけれど……。

翌朝の8時半。

僕と涼夏が一階の店におりると、久美がスマートフォンを操作していた。やがて、画面から顔を上げ、「もうすぐ、お爺ちゃんが迎えに来る」と言った。まだ目を覚ましたばかりらしく、あくびをした。

その10分後。涼夏が、〈古いワーゲンが来た……〉とつぶやいたのだ。


♪

僕は、窓ガラスごしに外の海岸通りを見た。涼夏が言った通り、旧型のワーゲン・ビートルがうちの前に停まったところだった。

涼夏の鋭敏な耳が、バタバタという特徴的な空冷エンジン音を聞き分けたらしい。

ワーゲンは、渋いブルーだった。新しいワーゲンにはない微妙な曲線のボディー。金属のバンパー。かなりの年代物だが、良く手入れされているのがわかった。

ワーゲンのドアが開き、男が降《お》りてきた。

久美の爺さんというので、かなりの年寄りを想像していたが、想像は裏切られた。白髪を横分けにして、白い口ひげをはやしている。半袖のポロシャツ。色落ちしたストレート・ジーンズ。

六十代の後半、あるいは70歳ぐらいだろうか……。それなりの年齢は感じさせる。が、ぴんと伸びた背筋、しっかりとした足取りはいわゆる老人のものではなかった。

♪

店のドアが開き、彼が入ってきた。

「お爺ちゃん」と久美。爺さんの方へ歩いていく。爺さんは、僕と涼夏を見て軽く頭を

下げた。「孫が世話になったようで、まことに申し訳ない」とだけ言った。そして、

「じゃ、帰ろうか」と久美に言う。久美は、デイパックを肩にかけ、

「ありがとう。じゃあね」と僕らに言った。爺さんと一緒に店を出ていく。窓から、二人がワーゲンに乗り込むのが見えた。

あの子を助けて、一晩泊めてやったのに、〈愛想のないガキなら、爺さんも無愛想だな……。血筋か……〉僕は、苦笑しながら胸の中でつぶやいた。

♪

「ついてるぜ」僕は、涼夏に言った。その口もとを指さした。

涼夏の口の端には、コロッケの破片がついていた。

「あ……」と涼夏。唇を少し開いたまま、頰を赤く染めた。

店の昼休み。僕らは、二階のリビング・ダイニングから出て、張り出している一階の屋根の上に腰かけていた。葉山暮らしでは定番のコロッケパンを食べていた。

もう6月に入っている。そろそろ梅雨《つゆ》時だ。けれど、このところ晴れが続いている。どうやら空《から》梅雨らしい。

一階の屋根からは、葉山の海が見渡せる。海は、すでに夏の色に変わってきていた。

白い生クリームのような積乱雲がわき上がっている。カモメが3、4羽、風に漂っている。

少し沖にある菜島《なじま》。その向こうでは、大学ヨット部のディンギーが練習をしている。20艇ほどが、白い帆《セイル》に風を孕《はら》ませて走っている。

僕らは、Tシャツにショートパンツ姿。海を眺め、旭屋《あさひ》で買ってきたコロッケパンをかじっていた。

そうしながらも、涼夏が何か考えているのがわかった。よくある事なのだけれど……。

コロッケパンを食べ終えた涼夏。その口の端についてるコロッケの破片を、僕は紙ナプキンでぬぐってやる。

「何か、気になる事があるのか？」


♪


「聞き覚えがある？」僕は思わず訊き返していた。

「なんか、そんな気がするんだけど」と涼夏。さっき久美を迎えにきた爺さん。その声に聞き覚えがあるという。

「いつ、どこで?」

「それが、思い出せなくて……」と涼夏。なるほど。それを思い出そうとして、半ば上《うわ》の空でコロッケパンをかじっていたらしい。

涼夏は、かなり重い弱視だ。が、逆に聴覚は桁外《けたはず》れに鋭い。その彼女が言うのだから、気にはなる。

僕には、あの爺さんと会った記憶がない。しかし、涼夏の記憶が確かなら、あの爺さんとうちの店は何か関係がある?

そうかもしれないと考えると、気がついた事はある。

音楽に無縁の人間が、たまたまうちの楽器店に入ると、物珍しそうに見回す事が多い。ギターをはじめとする楽器が並んでいる店内を……。

けれど、あの爺さんは、店に入ってきても、そんなそぶりを見せなかった。ごく自然に店に入ってきて、ひとことの礼を言い、孫の久美を連れていった。

少し不思議ではあった。もしかして、うちの店に来た事があるのだろうか……。そこは謎だ……。

♪

そのとき、僕のポケットで着信音。スマートフォンを取り出した。かけてきたのは、レイだった。

「あ、哲っちゃん。この前はありがとう」とレイ。彼女がリーダーをしていたガールズバンド最後のライヴが、10日ほど前に茅ケ崎《ちがさき》で開かれた。そのサポート・メンバーとして僕がギターを弾いた、それへの〈ありがとう〉らしい。

「どうって事ないよ」と僕。

「でも、本当にありがとう。ところで、午後、そっちに行っていい？　ちょっとした用事があって」

「もちろん」

♪

「涼夏の歌を？」

僕は、訊き返していた。午後の3時過ぎ。レイがやってきたところだった。涼夏は、親友のタマちゃんと近所のかき氷屋に行っている。

「本人がいなくて、ちょうど良かったかもしれない。あの子、ひどい恥ずかしがり屋だから……」とレイが話しはじめた。

この前やった、レイたちガールズバンドのさよならライヴ。そのエンディング近く、涼夏がレイとデュエットするような形で、ザ・バングルスの大ヒット・ナンバー〈Eternal Flame《エターナル・フレーム》〉を歌ったのだ。

「で……つい昨日、あるプロデューサーの人から連絡がきたの」

レイは、〈BLUE EDGE《ブルー・エッジ》〉という音楽レーベルの名前を口にした。

音楽業界では有名な、実績のあるレーベルだ。アルバムをかなりの確率でヒットさせている。有力なミュージシャンも多く所属している。

そこのプロデューサーからレイに連絡がきたという。涼夏の歌声を聴きたいと……。

「涼夏の歌声を？」と僕は思わず訊き返していた。

♪

「涼夏ちゃんが素晴らしく澄んだ声をしてるのは、哲っちゃんも知ってるでしょう？」

とレイ。僕はうなずいた。

「で、そのときわたしはすすめたわよね。彼女に本格的に歌わせてみないって」

また僕はうなずいた。

「あいつも、音楽をやってみたい気持ちはあるみたいだな。最近は、ギターの基礎を教えてるよ」

「それは、すごくいいと思うわ」

「で、そのプロデューサーは、あのライヴに来てたのかな？」

「来てないんじゃないかな……。音楽業界じゃ有名なプロデューサーで、わたしも面識はあるけど、あの日は見かけなかった……」

「じゃ、そのプロデューサーは涼夏の歌声は聴いてないのかな？」

「そんな感じだったわ。彼女の事は、噂に聞いたみたいよ。でも、いいじゃない。彼は、あなたたちと連絡をとりたがってる。ぜひとも話したいって言われたわ」

とレイ。僕は、うなずいた。

「じゃ、哲っちゃんの電話番号教えていいわよね」

「……まあ……」

「そのプロデューサーは麻田《あさだ》さんというの。涼夏ちゃんの事はいちおう話してあるわ」

♪


「そりゃ、面白いじゃん」

と陽一郎《よういちろう》。鯵《アジ》をさばきながら言った。

その日の夕方、5時過ぎ。楽器店の二階にあるリビング・ダイニングだ。

陽一郎は、すぐ近くの漁港に船を置く漁師の息子。同時に、僕がやっていたバンドのドラムスだ。

今日も、獲れたての鯵を持ってうちに来ていた。口うるさい漁師の親父さんと晩飯を食うのが嫌なのだ。陽一郎は、鯵を刺身にしながら、

「涼ちゃんの声に、独特の透明感があるのは、おれも気づいてたよ」と言った。

涼夏は、頬を少し赤くする。

「ほら、海から上げたばかりのシラスって、ほとんど透明じゃない。涼ちゃんの声ってあんな感じかな」と陽一郎。

「シラスのような歌声かよ……お前、やっぱり漁師だな」と僕は苦笑い。

やがて、鯵の刺身が出来た。僕と陽一郎は、それを肴《さかな》にビールを飲みはじめた。涼夏は、ショウガ醬油をつけた鯵をご飯にのせて食べはじめた。相変わらず恥ずかしそうな表情で……。

♪

プロデューサーの麻田から電話がきたのは、翌日だった。

3　ヒットソングが苦いときもある

午後1時過ぎ。僕は、依頼されたリッケンバッカーの修理をしていた。ゆるみの出てきたペグを直していた。

かたわらに置いたスマートフォンに着信。かけてきた相手の番号を見た。知らない番号だった。あのレイが話したプロデューサーか……。それにしては早過ぎる。レイがうちに来たのは昨日なのだから。

それでも、一応出る事にした。もしかしたらギター修理の依頼などかもしれない。

「哲也、いや牧野《まきの》哲也さん？」と落ち着いた男の声。

「ええ……」

「突然の電話で失礼。私は〈ブルー・エッジ〉の麻田、あのレイさんから君の電話番号を聞いた。そう言えばわかるかな?」僕は、わかると答えた。

「レイさんから話のアウトラインは聞いたと思うけど、従妹の涼夏さんの事で……。ぜひ、彼女の歌声を聴きたいんだ」と、すぐ本題に入ってきた。

「まあ、それはいいんだけど……」

「彼女はすごく内気らしいね」

「そうなんで……。だから、オーディションとかになると、絶対にコチコチになると思って……」すると、軽い笑い声。

「その心配はないと思うよ。聴くのは私だけ。録音などはしない。よければ君がギターを弾いて、彼女に軽く歌ってもらえばいいんだ。どうだろう……」

僕は、しばらく考えた。少なくとも、麻田というプロデューサーは感じのいい男に思えた。

「とりあえず、本人に話してみて、その結果という事で……」

「わかった。彼女がその気になりしだい連絡をくれないか」

「どうしよう、哲っちゃん……」と涼夏。心細そうな声で言った。中古CDの整理をしていた手を止めている。いまの電話のやりとりは、かなり聞こえていたはずだ。僕は、麻田から聞いた事をさらに正確に伝えた。

「オーディションとかじゃないらしいから、気楽に歌ってみれば」と言った。

よく見ていると、涼夏の弱視は少しずつその度合いを強めているようだ。このままいくと、この子の将来はどうなるのだろうか……。それを思うと、僕の心は灰色の雲で覆われてくるのだった。そんな彼女に、万が一、音楽への道が開けるとしたら、それは絶対に悪い事ではない。

その事を、さりげなく涼夏に話した。

「そっか……そうだよね……」と涼夏。15歳なりの幼さを感じさせる声で言った。

♪

ギッと小さな音がして、店のドアが開いた。

火曜の午後3時半。僕も、CDの整理をしていた涼夏も出入り口を見た。

入ってきたのは、久美だった。今日もショートパンツにTシャツ。ランドセルがわりなのか、小さなデイパックを背負っている。

「あの……」と久美。「この前は、ありがとう」と言った。そして、手に持っていた花を、

「これ……」と言って、さし出した。それは、青い紫陽花《あじさい》だった。花が開いたばかりらしく、青が鮮やかだった。どうやら、この前のお礼という事らしい。

いま、紫陽花は葉山のあちこちで咲いている。が、僕は微笑し、

「サンキュー」と言った。店の隅にあったコップに水を入れる。受け取った紫陽花を入れ、カウンターに置いた。

「あの……」と久美がまた口を開いた。そして、「あれ、弾いていい？」と言った。その視線が、店の奥に……。そこにあるキーボードを見ている。

それは、3週間ほど前に持ち込まれたものだった。YAMAHA《ヤマハ》のコンパクトなキーボード。〈出来たら売りたい〉と持ち込まれたのだ。

この前、この店で一晩寝たとき、久美はこのキーボードを見たのだろう。僕は、肩をすくめる。駄目と言うのも可哀想だ。

「いいよ。ヘッドフォーンを使ってくれれば」と言った。涼夏が、ギター・アンプの上

に置かれたヘッドフォーンを取った。久美にさし出した。

♪

「家にピアノあるんじゃないのか？」

僕は久美に訊いてみた。久美は、デイパックから楽譜のノートを取り出し、めくっているところだった。

横須賀で聴いたこの子のピアノが、かなり上手かったからだ。毎日のように弾いている感じがしたのだ。

「家に、あるにはあるんだけど……」と久美。楽譜をめくる手を止める。うつむいたまま、「お爺ちゃんが、あまりピアノを聴きたくないって言うから……」と言った。うつむいたその表情が、曇っている。

久美を迎えにきた爺さんは、この子を可愛がってるように見えた。それなのに、久美が弾くピアノを聴きたくない、なぜか……。

だから、久美はこの前もあんな時間に横須賀の駅ピアノを弾いていたのだろう……。

そこには、何か深い事情があるようだ……。が、僕は無言でうなずいた。無理に聞き出すのはやめておく。

やがて、久美は小さい頭にヘッドフォーンをつける。キーボードのスイッチを入れた。鍵盤の上で指を動かしはじめた。


♪


3日後、涼夏と僕は東京に行く。プロデューサーの麻田に、歌声を聞かせる事になっていた。

「ちょっと練習するね」

涼夏が言った。一枚のCDを手にしていた。ザ・バングルスのCDだった。

涼夏が歌うのは、ザ・バングルスの〈Eternal Flame《エターナル・フレーム》〉。この前、レイたちのさよならライヴで歌ったもの。

涼夏の視力では、歌詞カードや楽譜はうまく読めない。なので、歌詞を暗記してることの曲を歌うことに僕らは決めていた。そこで、曲のおさらいをするつもりらしい。

涼夏は、CDを店のミニ・コンポに入れた。やがて、スピーカーから曲が流れはじめた。彼女は、それに合わせて小声で歌いはじめた。

その5秒後だった。キーボードに向かっていた久美の手が止まった。ヘッドフォーンを外して、ミニ・コンポから流れる曲を聴いている……。

さらに5秒後。久美は、開いていた楽譜ノートを閉じデイパックに入れた。デイパックを背負い。店の出入り口に！　そして、走り出ていった。

♪

「え？」と涼夏。久美が飛び出して行った出入り口を見ている。「どうしたの、あの子……」とつぶやいた。

「わからん」僕は言った。正直、あっけにとられていた。

うちのすぐ前は、バス通りだ。あんな勢いで飛び出して行って、車やバイクにはねられたりしたら……。

「ちょっと見てくる」僕は言った。ドアを開けて外へ。

左右を見渡す。店の前は見通しのいいバス通り。久美の姿は見えない。という事は、バス通りを渡り、その向こうの海岸へおりて行ったらしい……。

僕は、ゆっくりとバス通りを渡る。ガードレールがあり、その先は砂浜だ。

3メートルほど下の砂浜を見下ろす。久美はいた。砂浜に佇《たたず》んでいた。僕は、砂浜への石段をおりていく……。

♪

「ごめん……」と久美。目の前の海を見つめ、ぽつりと言った。「どうした」と僕。久美の隣りに立って訊いた。

「……あの〈エターナル・フレーム〉……お母さんが好きだった……」と久美。「よく、ピアノを弾いて歌ってくれた……」とつぶやいた。

僕は無言でうなずいた。ザ・バングルスがあの曲をリリースしたのは、1980年代。もう30年以上たつ。僕も、リアルタイムで聴いたわけではない。が、いわばバラードの名曲として、カバーされたり、いまでもFMから流れたりしている。

久美が小学六年だとすると、その母親は四十代だろうか……。その母親があの曲を好きだというのは、不自然ではない。しかも、そのお母さんがピアノの弾き語りを……。という事は、久美がピアノを弾けるのは、お母さんに習ったという事らしい……。

それにしても、

「なぜ、好きだったと過去形なんだい？」僕は訊いた。久美は、20秒ほど無言でいた。そして、「お母さん、もういないから……」と小声で言った。見れば、その頰には涙がひと筋つたっている。

「いない？」

「死んじゃった……」と鼻声で言った。ぐすっと鼻をすすった。

「……いつ……」

「4年前」と彼女。4年前……。久美がいま12歳だとすると、8歳の時……。

僕も、じっと海を眺める。小さな波が、リズミカルに打ち寄せていた。

死んでしまったお母さんが好きだった曲だから、聴くのが辛くて……。そういう事だったらしい……。ヒットソングが運んでくるのは、いい思い出ばかりではない……。このような苦い事さえも……。

何か言おうかと思ったが、上手い言葉が見つからなかった。そして、あまり同情するのも考えものだと感じた。12歳にもその年なりのプライドがあるだろうから……。

遅い午後の陽射しが、久美の頰に流れる涙を光らせていた。水平線から吹く風が、二つに結んだ髪をかすかに揺らせていた……。

その時、後ろから声がした。

「哲っちゃん、電話！」と涼夏の声。僕は、振り向く。バス通りに涼夏がいた。

「菊池《きくち》さんから電話。どうする？　出る？」と涼夏。菊池は、リッケンバッカーの修理を依頼してた客だ。たぶん、それの問い合わせだろう。

「出るよ」僕は涼夏に答えた。久美の肩を軽く叩く。

「キーボード弾きたくなったら、いつでも来いよ」と言った。久美は、頰の涙をぬぐい、かすかにうなずいた。僕は、バス通りの方に歩きはじめた。

♪

「お母さんが死んでしまった……」と涼夏が、つぶやいた。

10分後。仕事の電話を終え、涼夏に久美の事を話したところだった。窓から入る午後の陽が、久美の持ってきた紫陽花に射している。

「あの年で、お母さんがいないなんて……」と涼夏。少し声をつまらせ、「あの子、きっと、わたしより悲しい……」とつぶやいた。

僕は、どきりとして涼夏の横顔を見た……。

4　武道館は、なんのため

〈あの子、きっと、わたしより悲しい……〉

涼夏が口にしたその言葉を、僕は胸の中でリピートしていた。

日本語としては、少しおかしいかもしれない。けれど、そこにはひりひりとした切実さがあった。

涼夏の家族は、いまニューヨークに住んでいる。僕から見ると叔父《おじ》にあたる涼夏のお父さんの転勤……。

お母さんと涼夏の弟も一緒だ。

単身で先に渡米したお父さんを追って家族がニューヨークに発《た》つ少し前、ある事故が涼夏を襲った。彼女は失明こそしなかったが、かなり重い弱視になってしまった。

が、彼女の家族は、ほぼ予定どおりにニューヨークに発っていった。涼夏を僕の家に預けて……。

涼夏の両親にしてみると、息子のアメリカにおける学業を優先したのだ。

涼夏は、子供の頃から僕になついていた。僕と暮らしているのは楽しそうだ。

けれど、自分が家族に置き去りにされたらしいという思いは、心に影を落として当然だろう。

そんな心の傷がありながら、母親が死んでしまった久美に対し、〈きっと、わたしより悲しい……〉とつぶやいた涼夏……。僕は、かなり複雑な思いでいた。

母親に死なれたのと、母親に半ば見捨てられたのと、どっちの方が心の傷が深いのだろうか……。ふと、そんな事を考えていた。

窓から射す夕陽が、久美がもってきた紫陽花に当たっている。その花びらの青が、ちょっと悲しい色に見えた。

♪

ほう、なかなか立派……。僕は、〈ブルー・エッジ・レーベル〉の建物を見上げてつぶやいた。

金曜。午後3時。青山1丁目。僕と涼夏は、プロデューサーの麻田に会うためにやって来ていた。

涼夏は細身のジーンズ、横縞のTシャツというスタイルだった。もちろん、ひどく緊張している。僕はフェンダーのギターケースを持っていた。

五階建ての洒落《しゃれ》た建物。そのロビーに入る。広いロビーの片隅は、カフェのようになっている。正面に受付があり、女性が2人。僕は、

「あの、プロデューサーの麻田さんに会う約束で」と言った。女性はそばにあるメモをちらりと見た。「牧野様ですね。少々お待ちください」と言った。


♪


3分後。

「お待たせ」という声。ふり向くと一人の男が歩いて来るのが見えた。

かなり意外だった。音楽プロデューサーというので、いかにも業界人風の姿を勝手に想像していた。が、まるで違っていた。

四十代だろう。白いYシャツ。地味なストライプのネクタイ。グレーのスラックス。髪は横分け。黒いセルフレームの眼鏡をかけている。どこかの大学の教授と言われても不思議に感じないだろう。その彼は、感じよく微笑し、

「牧野哲也さんと涼夏ちゃんだね。わざわざ来てもらってすまない」と言った。

僕らはロビーを横切り、エレベーターに向かう……。そのときだった。「麻田さん!」と鋭い声が響いた。


♪


一人の若い男が、こっちに小走りで来た。足を止めた麻田と向かい合う。

男は、僕と同じぐらいの年。20歳を少し過ぎた頃に見えた。脚《あし》より細そうなブラック・ジーンズに黒いTシャツ。髪の一部をパープルに染めている。鋭い目つきで麻田を睨みつけた。

「麻田さん、なんでおれらの曲がボツなんですか⁉」

と、嚙みつくような口調で言った。ロビーの隅にいたガードマンが早足で近づいてくる。が、麻田はひるむ様子がない。ガードマンに首を横に振ってみせた。大丈夫だとい

う表情で……。

麻田は相手をまっすぐに見た。「理由は簡単。駄目だからさ」と言った。

「ダメ？　おれらのどこがダメなんですか！」とブラック・ジーンズ。

「ミュージシャンとして駄目なんだ」と麻田。

「……ミュージシャンとしての、どこが……」

ブラック・ジーンズが訊いた。麻田は、3秒ほど相手を見ていた。

「じゃ、訊こう。君は何のために音楽をやってるんだ」

ブラック・ジーンズは、しばらく無言……。

「そ、そりゃ……いずれは武道館《ぶどうかん》を満杯にするようなバンドになるためで……」と言った。

「じゃ、さらに訊こう。なぜ、武道館を満杯にしたいんだ」

麻田は落ち着いた口調で言った。ブラック・ジーンズが、言葉につまった。視線を落とした。

「……だって、武道館でやるって、ロックをやってればみんな目指す夢で……」と言って口ごもった。

「みんなが目指す夢？　そんなありきたりの事を訊いてるんじゃない。君は何のために武道館でやりたいんだ」

麻田は言った。が、ブラック・ジーンズは言い返せない。視線を落としたまま無言……。

「言えないなら、代わりに言ってやろうか？　君らが武道館を目指してるというのは、そう言っていれば格好《かっこう》いいから。そして、君らが音楽をやってる目的は、金、人気、そしてたぶん女にもてるためだ」

ずばりと麻田は言い切った。ブラック・ジーンズは、視線を上げて、麻田を見た。が、その目に力がない。虚《うつ》ろだ……。みぞおちを思い切り殴られたような感じだった……。

やがて、

「君らは若いんだから、もう一度ちゃんと考えてみた方がいい。この仕事はそんなに甘くないって事を忘れないように……」

麻田は、言った。エレベーターのボタンを押した。


♪

「きつい一発……」僕はつぶやいた。エレベーターのドアが閉まり上昇しはじめた。

「彼らは、そこそこ上手いバンドなんで、いちおう2曲ほど録音してみたんだが、駄目だ」と麻田は苦笑い。

「彼らは音楽をやりたいというより、とにかく有名になりたいんだ」と言った。そして、

「ひと言でもいいから、とにかく音楽をやりたい、やらないと生きていけないから……そんな言葉が聞きたかった。残念だ……」

そこで、上昇していたエレベーターが止まり、ドアが開いた。三階だった。僕らは、がらんとした廊下を歩きはじめる。左側に録音スタジオが並んでいる。

20メートルぐらい行くとDスタ。そのドアが半開きになっていて、そこで社員らしい若い男が待っていた。麻田を見ると頭を下げた。

「誰もスタジオに入れるな。社内電話も取り継《っ》がないように」と麻田が言った。若い男がうなずいた。僕らは社員が開けてくれているドアから中へ……。とりあえずミキシング・ルーム。僕はおなじみだが、涼夏は物珍しそうにあたりを見回している。

♪

その5分後。僕らは、広い録音スタジオにいた。

僕は、ケースからフェンダー・テレキャスターを出した。弦のチューニングをはじめた。それを麻田が何気なく見ている。僕は、3弦のチューニングをしながら、

「涼夏の事は誰から？」と麻田に訊いた。

「2週間ほど前、レイさんたちのさよならライヴを聴きに行ったある人から聞いたよ」

「ある人？」

「ああ、音楽評論家の獅子倉《ししくら》、獅子倉タモツさ」と麻田が言った。チューニングをしてる僕の手が思わず止まった。

「ちょっと驚いたかな？　獅子倉は、君にとっては天敵のような存在だろうからね」と麻田。ちょっと苦笑した。そばにいる涼夏も、驚いた顔をしている。


♪


「あれからもう、3年になるかな……。君らがCDを出してから……」と麻田。

「あのCDを聴いた……」と僕。意外だったが、麻田はうなずいた。

「勢いのある新人が出てきたら、聴くのは当たり前だからね。当時、音楽業界でもかな

り話題になったし」

「……話題に……」

「ああ、君のギターは鮮烈だった。あの速弾《はやび》き……。18歳でこれだけのテクニックとは驚いたよ。ギターを弾くのが楽しくて仕方ない……そんな感じが伝わってきたな」と麻田。

「それと同時に、獅子倉タモツの批評も読んだ」と言った。

「あの批評……」僕はつぶやいた。

「ああ、君のプレイを〈ギター小僧の曲芸的演奏〉と書いた批評だったな」と麻田。僕は、うなずいた。

「あれを読んで、正直、どう思った？」麻田は、ずばりと訊いてきた。

「もちろん、読んだあのときはむかついた。……けど……」

「けど？」

「いまは、少し違うかな……」僕は、つぶやいた。

「というと？」

「あの批評のある部分は当たってると思う」

「ほう……」と麻田。僕の顔を見た。じっと見つめている……。

「あのCDの録音をしてるときは、ギターのテクニックで聴き手を驚かせる事しか考えていなかった気がする。じゃ、そのテクニックで何を表現したいのか、まるで考えてなかったと思う。まだ18だったし……」

僕は言った。やがて、麻田が、大きくうなずきながら僕に右手を差し出した。

「あえて哲也君と呼ばせてもらうけど、この3年を無駄に過ごしていなかったらしい。……嬉しいよ」と言った。麻田と僕は、短い握手をした。そして、

「いまだから言うが、獅子倉は君に嫉妬してもいたんだよ」

「嫉妬?」

「ああ……。獅子倉のやつもギタリストだったんだ。しかも、学生時代は私とバンドを組んでいた」麻田は言った。


♪

「驚かせてすまない。大学時代、私と獅子倉たちはバンドを組んでいた。獅子倉はリード・ギターで、私はキーボード担当だった」

僕も涼夏も、無言で麻田の話を聞いていた。

「私たちは、真剣に音楽に向かい合っていたが、残念ながらプロへの道は開かれなかった」と麻田。表情のホロ苦さを隠さなかった。

「獅子倉は音楽の評論を仕事にし、私はミュージシャンのサポートをする仕事についた」麻田は言った。

音楽業界では有名なプロデューサーだという彼の口から出た〈ミュージシャンのサポート〉という言葉に、僕は少し驚いていた。同時に、この麻田という男に一種の好感を持っているのに気づいていた。

「大学を卒業してからも、獅子倉と私はよく会っていた。同じ音楽業界にいたわけだし……」と麻田。

「そんなある日、獅子倉が君たちのCDを持ってきた。そして言ったよ。この牧野哲也って18歳の子は、もしかしたら、すごいミュージシャンになるかもしれないと……」

僕は無言……。

「その時の獅子倉は、君の弾くギターに嫉妬してたと思う。やつはごく平凡なアマチュアのギタリストだった。そんな獅子倉が、君の圧倒的な演奏を見せつけられて嫉妬するのは当然だよ。そのぐらいの熱さがなけりゃ、音楽にかかわる仕事はやっていけない」と麻田。「そして、獅子倉は言った。ただし、このままだと彼はただテクニック自慢だけのギタリストになりかねない。それは惜しいんで、いまは少し叩いておくよと……」

「……それで、ああいう批評を？」と僕。

「ああ、このぐらいけなされた事で駄目になるなら、それまでの才能なんだろうと獅子倉は言ってたな」また苦笑いしながら、麻田は言った。

「そんな、そこそこベテランの評論家である獅子倉が、つい最近、珍しく興奮した口調で電話してきたよ。ライヴですごい女の子のヴォーカルを聴いたと……」

「……レイたちのさよならライヴ？」

「ああ、そうだ。何年かぶりに鳥肌が立ったと獅子倉は言ったよ。本気だと感じられたな」

「それが、涼夏の歌？」訊くと麻田はうなずいた。

「あんな歌声を聴いたのは、人生の中であまり記憶にないとも言ってた。獅子倉は、ギタリストとしてはアマチュアで終わったが、やつの耳は私も信用している」と麻田。

「ここまで話せば、なぜ来てもらったかわかるよね？」

僕は、思い出していた。あのライヴの事だ。涼夏が歌っていたとき、身を乗り出して聴いていた獅子倉の姿を思い出していた。そういう事だったのか……。

♪

僕は、テレキャスターをアンプにつないだ。音量を調整した。涼夏はマイクなしで歌う。そのために、ギターのボリュームはぐっと絞った。この一曲が、もしかしたら涼夏の人生を左右する……。そう思うと、柄《がら》になく緊張した。

やがて、僕らの目が合った。

僕が「いいかな？」と小声で訊くと、涼夏がかなり硬い表情でうなずいた。

僕は深呼吸。ゆっくりとピックで弦をはじきはじめた。麻田は、腕組みをして、目を閉じている。

イントロが、4小節……。そして、涼夏は歌いはじめた。そのとたん、〈やばい……〉と僕は胸の中でつぶやいた。

5　君はB♭

涼夏の歌声は、震えていた。

両手の指を祈るように組み、目を閉じて、〈Eternal Flame〉を歌っている……。

絹糸のように細く、澄んだ歌声。だけれど、その声は震えていた。たぶん、緊張から……。

まずいなと僕は思った。が、いまさらどうにもならない。

1コーラス、歌い終わる……。そして、2コーラス目……。声の震えは止まらない。

サビの部分に入り、やがて、歌い終わった。

元のメロディーに戻ろうとした。その時だった。麻田が、閉じていた目を開けた。腕組みをほどく。そして、

「ありがとう」と言った。

やはり、ダメだったか……。僕は、テレキャスを弾く手を止めた。涼夏も、歌うのをやめた。僕の方を見た。ひどく不安そうな表情……。

麻田は、スマートフォンをとり出した。画面にタッチしている。やがて、相手が出たらしい。

「獅子倉か？　麻田だ」と言った。どうやら、獅子倉にかけたようだ。

「ああ……たったいま聴いたよ」と麻田。そして、「この馬鹿野郎」と獅子倉に言った。

♪

涼夏も僕も、麻田を見ていた。涼夏は、唇を嚙んでかたまってしまっている。

電話の向こうでは、獅子倉が何か言っているようだ。やがて麻田が、

「そのライヴから、もう2週間以上たってるんだろう？　……なぜ、もっと早くおれに連絡しなかった」と言った。そして、「もしほかのレーベルの連中が声をかけてしまったらどうするんだ」と強い口調……。また、獅子倉が何か言っているらしい。麻田は、たて続けにしゃべる。

「……で、この子の事を、ほかの誰かに言ったか？」

「……わかった。絶対、誰にも言うな」

「……口止め料？　欲ばりなやつだ」と苦笑い。

「……じゃ、来月からネット配信する新人の音源を聴かせてやるよ」

「……ああ、もちろんこの子のデビューが近づいてきたら教える。それでいいか？」

と麻田。獅子倉が何か言って、通話は終わった。


♪


「……どうした？」と麻田。僕らを見た。

「あの……」と僕。「いまの話からすると、こいつの歌は駄目ってわけじゃなくて？」

と訊いた。

「駄目なわけ、ないじゃないか」と麻田。「正直、これ程とは思ってなかった。驚いたよ」

「じゃ、なぜ途中で……」

「……ああ、それか。あれだけ聞かせてもらえば充分だからさ」麻田は微笑して言った。

「じゃ、何か飲みながら、ゆっくり話そうか。哲也君は、車を運転してきたのかな？」

僕は、首を横に振った。「じゃ、男同士は軽く一杯やるとするか」と麻田。スマートフォンで、一階にあるカフェにかけている。「ああ、麻田だがDスタに飲み物を頼む……」


♪


「不思議そうだね」と麻田。ジン・トニックのグラスを手にして言った。

15分後。僕と麻田は、スタジオの椅子にかけ、ジン・トニックを飲みはじめていた。涼夏は、ガラスの向こう、ミキシング・ルームで休憩。グレープフルーツのジュースを飲んでいる。

「……だって、あいつの声、あんなに震えてたのに……」僕は言った。麻田は微笑してうなずいた。「そこも含めてよかったんだ」と言った。

「そこも？」


♪

「いま、時代は変わろうとしている」しばらく黙っていた麻田が口を開いた。そして、「音楽の世界も例外じゃない。いや、最も敏感に反応していくだろう」

「……それって？」僕はストレートに訊いた。

「誤解を恐れず、ごく単純に言ってしまえば、〈強さの時代〉から〈脆《もろ》さの時代〉かな？」

「脆さの時代……」

「ああ……。たとえばいまの日本は、若い連中も大人も、元気で将来に希望を持てる時代じゃない。元気ぶることは出来てもね」

と麻田。グラスに口をつけた。

「音楽の世界も、もうすぐそんな時代に突入するだろう。見かけだけ明るくパワフルなもの、嘘っぽいポジティブな楽曲は、やがて支持されなくなると私は思っている。……空《から》元気にも限界がある」

「……で、涼夏の歌声が？」

「ああ、驚異的に澄みきって繊細《せんさい》、そしてどこか淋しい彼女の歌声と、彼女そのものが人の心をとらえるような気がしている」と麻田。「音楽プロデューサーとしての勘《かん》でね

「……」

「あいつそのもの……」と僕。

「ガールズバンドのレイさんから聞いたんだけど、涼夏ちゃんは事故によるかなりの弱視だって？」と麻田。僕は、うなずいた。

「しかも、家族はニューヨークに行ってしまってるとか」

また、僕はうなずいた。

「涼夏以外は、みんなニューヨークで暮らしてて……」と僕。はっきりとは口に出さないけれど、置き去りにされたらしいという思いは涼夏の中にあるようだ。僕は、その事をサラリと麻田に話した。

「なるほど……。それを聞けば納得出来るよ。いまにも壊れそうな心の脆さ、そして孤独をにじませた彼女の歌声が」

「脆さや孤独……」

僕は、つぶやいた。確かに……。涼夏のいまの心の中を、もしひとことで言うなら、そういう事かもしれない。

「……そんなあいつが、人の心をとらえる？」

「ああ、そう思う。彼女はあのキャラクターも含めてこれからの時代に受け入れられると私は感じてるよ。心細さにいつも心が震えているような彼女の存在感が、聴き手の共感を呼ぶと思う……。人を元気づけるとかじゃなく、人の心に寄り添う楽曲かな……。いま、誰もみな不安や孤独を抱えている時代だから……」

　麻田は言った。そして、近くにあるキーボードに歩いていく。スイッチON。

「つまり、こういう感じかな」と立ったまま言った。手慣れた仕草で、さらりとキーボードの鍵盤に触れた。元キーボード・プレーヤーらしい指の動きだった。

クリアーなCのコードがスタジオに響いた。そして次は、F……。

「問題は、これだ」と麻田。つぎのコードが響いた。僕は、思わず耳を澄ました。

響いたコードは、B♭だった……。

♪

　そういう事か……。僕は胸の中でうなずいていた。

　Cを基調《キー》にしたコード展開。たとえば、C……F……G……とくれば明るくクリアーなコードが並ぶ。

CとFは、たとえば青空のブルー。けれど、FのあとにB♭がくるとそれは微妙だ。そのB♭は、抜けるような青空の色ではない。かと言って暗いどしゃ降りでもない。言ってみれば〈曇り〉……。やがて、ポツリと涙のような雨が落ちてくるかもしれない、そんな曇り空……。

ブルーの絵具にグレーの絵具を混ぜた感じだろうか。

「涼夏が、B♭?」僕が訊くと麻田は、うなずいた。

「違うかな?」

僕は無言。胸の中で、うなずいていた。言葉で言われても、いまひとつ実感がわかなかった。が、コードを弾かれると心の深いところまですっと届いた。涼夏の持っている不安、孤独、壊れそうな心……。麻田はそれを、B♭という微妙なコードで表現したらしい……。

♪

「私は急がない。彼女は、いまいくつだっけ?」と麻田。

「15歳」

「そうか。じゃ、デビューまで2年がかり、3年がかりでもいいから、大事に育てたいな……。急いでデビューさせたミュージシャンは、すぐに消えていく事が多いからね」と麻田。「〈一気にブレーク〉という言葉が業界人は好きだが、〈一気にブレークして、一気にブレーキ〉という例は山ほど転がっているよ」と言い苦笑い……。

そして、僕を見た。

「で……君に一つ頼み事があるんだ」

「頼み？」

「ああ、彼女の歌声に合うギターを見つけてくれないか？　時間はかかってもいい。彼女の繊細過ぎるぐらいの歌声に合うギターを……」

「……たとえばアコギ？」と僕。アコギとは、もちろん、アコースティック・ギターの事だ。

「私もまず最初にそれを考えたが、音楽業界には多いパターンだ。現にいま、アコギの弾き語りでファンから圧倒的に支持されている女性アーティストがいるし……」と麻田。

「それなら、セミ・アコースティックとか？」

「まあ、一番近いかもしれない。だが、その上に独特の音色《ねいろ》が欲しい」

「それは、どんな……」

「彼女の歌声に絶妙に合う、温かくて、同時に一種の孤独感を感じさせる淋しい音色だ」

「温かくて淋しい音色……」

「そう……。かなり困難な注文だと思うが、君ならなんとか出来るんじゃないか？　いま楽器店もやってるらしいし」と麻田。「今までなかった全く新しい音の響きとともに、彼女をデビューさせたいんだ。そのためには、聴いた事がなかったような音色が欲しい」と言った。

♪

帰りの横須賀線は、すいていた。涼夏は、東京駅で買ったピーチ・パイを膝にのせている。駅地下にある有名店で買ったパイ。これは、自分用というより友達のタマちゃんへのお土産だ。

僕は、電車に揺られながら、さっき麻田から聞いた事をゆっくりと涼夏に話していた。

やがて聞き終わった彼女は、

「そんな……どうしよう……」と消え入りそうな小声でつぶやいた。

「まあ、気楽にしてればいいんじゃないか？　なるようにしかならないよ」僕が言うと、素直にうなずいた。


♪


それは、電車が横浜駅を過ぎた頃だった。涼夏が、じっと前を見ているのに、僕は気づいた。

横浜で乗ってきた家族連れが、向かいのシートに座った。中年の両親。中学生ぐらいの男の子。小学生ぐらいの女の子……。その家族連れは、楽しそうに話し、笑い合っている。女の子の明るくはじけた声……。視力の弱い涼夏にも、その雰囲気が伝わっているのだろう。じっと、その家族連れを見ている。その胸によぎっているのは、自分を置いてニューヨークに行ってしまった家族の事だろうか……。

それとも、悩みも不安も何もなく、無邪気に過ごした幼い日々の思い出……。

♪

家族連れは大船《おおふな》で降りていった。やがて涼夏は、僕の肩にもたれかかり居眠りをはじめた。窓の外には、黄昏《たそがれ》の北鎌倉が過ぎていく。

この電車は、僕らが降りる逗子《ずし》駅が終点だ。

けれど、涼夏の人生という電車は、この先、どこに向かおうとしているのだろう……。

僕は、流れ過ぎる北鎌倉の樹々と街並みをじっと眺めていた。

6　どこまでも不思議なピーチ・パイ

　さらりとB♭を弾いた。シャリッと軽く柔らかな音が響いた。が、僕は首をひねった。

「どうしたの、哲っちゃん」と涼夏が言った。

　午後4時の楽器店。涼夏は、テーブルについている。さっきまで、友達のタマちゃんが来ていた。涼夏が東京で買ってきたピーチ・パイ。そのまるごと1ホールを切り分け、食べながら、しゃべっていた。

　タマちゃんが帰って行ったあと、涼夏は自分の皿に残ったパイを食べようとしていた。そのときフォークを手にしたまま、〈どうしたの〉と僕に訊いたのだ。

　僕は、一台のギターを膝にのせていた。国産メーカーのセミ・アコースティック。それをアンプにつなぎ軽く弾いていた。

例の麻田から頼まれたテーマ。涼夏の細く繊細な歌声に合うギター。温かく、同時に淋しい音がするギター。それを、探しているところだった。

いま弾いているセミ・アコは、日本の大手メーカーのもの。悪くはない。そこそこ繊細な音色は出る。けれど……。あの麻田が欲しいという〈聴いた事がなかったような音色〉には程遠いような気がする。

麺にたとえると、柔らかいが、コシがない。音に芯がない感じだった。その事を言うと、

「そっか……難しいんだ……」と涼夏がつぶやいた。

そのときだった。店のドアがギッと開き、久美が入ってきた。僕はギターをスタンドに置き、「よお」と言った。

♪

「ピーチ・パイ、食べる?」涼夏が久美に訊いた。

店に入ってきた久美は、テーブルの上を見ていた。正確に言うと、皿にのっている涼夏が食べかけたピーチ・パイを、無言でじいっと見ている……。それに気づいた涼夏が

〈食べる?〉と訊いたのだ。

久美は、遠慮がちにうなずいた。この子は、その年頃らしく甘いものが好きなようだ。

やがて涼夏が、ピーチ・パイを一切れ皿にのせてテーブルに置いた。自分のよりかなり大きく切ったものを久美の前に置き、

「遠慮しなくていいのよ」と言った。久美はうなずき、フォークを手にした。


♪


「あ、竹内まりや……」と涼夏がつぶやいた。

パイを食べ終わった久美は、キーボードに向かった。そして、弾きながら、小声で歌いはじめた。

それは、竹内まりやの〈不思議なピーチパイ〉だった。なるほどと僕は胸の中でつぶやいた。ピーチ・パイを食べたのでこの曲……という事らしい。

久美は、無邪気な表情で弾き語りをしている。すごく上手いとは言えないが、楽しそうだ。譜面《スコアー》なしで弾いて口ずさんでいる。

僕は、ふと思った。竹内まりやの長いキャリアからすると、久美のお母さんが、この

曲を好きだったのではないか……。

お母さんがこれを弾き語りしている、そのそばで久美が聴いていた……。

あるいは、二人でピアノに向かい連弾で歌っていた……。僕はふと、そんな光景を思い浮かべていた。だが、その事を口には出さなかった。久美に、もういないお母さんを思い出させたくなかった。

いずれにせよ、過ぎ去った日々のページ……。僕は、いつか見た過去のテレビ番組を思い出して、

「これを歌った頃の竹内まりやって、まだアイドルっぽかったなぁ……」と、ふとつぶやいていた。


♪


「哲也《てつ》、かかってるぜ」と陽一郎が言った。

僕は、自分が握っている釣り竿を見た。その先が、細かく震えている。

午後の1時。陽一郎と僕は、葉山の沖にいた。陽一郎の漁船でキス釣りをしていた。

今夜のおかずのために、釣り竿を握っていた。

すでに夏を感じさせる陽射しが、海面にはじけていた。

釣りをはじめて5分。陽一郎が、〈かかってるぜ〉と言ったのだ。僕は、すぐにリールを巻きはじめた。やがて白ギスがあがってきた。それをハリからはずそうとしていると、

「珍しいな、ぼうっとして」と陽一郎が言った。僕は葉山育ちなので、釣りは好きだ。細かいアタリをとる必要がある白ギス釣りだと、漁師の陽一郎よりたくさん釣る事もある。けど、

「それだけぼうっとしてるって、恋でもしてるのか？」と陽一郎。「もしかして、あのウインドサーファーの彼女かな？」と言った。

ウインドサーファーの彩子《あやこ》は、いまＤＶＤの撮影でサイパンに行っている。

「まあ、あの娘《こ》なら、わかるけどな」と陽一郎。

「そういう訳じゃないんだが……」僕はそう言いながら釣ったキスをクーラーボックスに入れた。釣り竿を握っても、半ば上《うわ》の空。考え事をしているのは、自分でもわかっていた。なぜか、竹内まりやの〈不思議なピーチパイ〉が頭から離れないのだ……。

♪

「美味しい……」涼夏が、しみじみとした声で言った。

夜の7時過ぎ。うちのダイニング。陽一郎も入れた三人で、釣ってきたキスやメゴチの天ぷらを食べていた。もう、揚げた天ぷらの半分以上が大皿の上から消えていた。

「お前が上の空だったにしては、まずまず釣れたな」と陽一郎が僕に言った。それを聞いて、涼夏が陽一郎を見た。

「哲也《てつ》のやつ、あのウインドサーファー・ガールの事が気になってるらしくて、何匹も釣り落としやがってさ……」陽一郎が、涼夏に言った。

僕は内心〈この馬鹿！　黙れ！〉と陽一郎に言っていた。が、口には出せない。

陽一郎は、僕と涼夏の間に流れる微妙な雰囲気に、とっくに気づいている。なのに、こういう台詞《せりふ》をわざと吐くのだ。〈従妹とだって、恋愛も出来るし、なんなら結婚だって出来るわけだし……なんとかしろよ〉と言っては、ひとを挑発するのだ。

僕は、涼夏を見た。案の定、箸を動かす手が止まっている……。その表情が少し硬くなっている……。

♪

「あのさ、さっき陽一郎が言ったのは、まるで勘違い。ほかに気になる事があるんだ。例のギター探しのヒントになりそうな事が……」

僕は、並んで腰かけている涼夏に言った。

陽一郎が帰って行った30分後。僕らは一階の屋根に出て涼んでいた。今夜は、ほぼ満月。目の前に拡がる葉山の海が、月の光をうけて銀色に輝いている。

「ほかに気になる事？」と涼夏。

「ああ、きのう久美が来て竹内まりやの曲を弾いただろう？」

「〈不思議なピーチパイ〉？」と涼夏。僕は、うなずいた。

「あれ以来、どうも気になってて……」

「あの曲が？」

「曲なのか、歌ってる竹内まりやなのか、それがはっきりしないんだけど……」僕は、つぶやいた。竹内まりやのナンバーの中に、探しているギターの音があるのだろうか……。それが、はっきりとはわからない。

「うちの店に、竹内まりやの中古CDあるよな」と涼夏に訊いた。彼女はうなずき、
「3枚あるわ。〈不思議なピーチパイ〉が入ってるのもある」と言った。耳がいいだけではなく、涼夏の記憶力も人並みはずれている。
「オーケイ。明日、聴いてみよう」僕は言った。海から吹いてくる涼しい夜風が、僕らの髪を揺らせている。

♪

「哲っちゃん、これ」と涼夏。3枚のCDをさし出した。
午前10時半。店の片隅にある中古CDのコーナーから持ってきた、竹内まりやのCDだった。僕はまず〈不思議なピーチパイ〉の入ったCDをミニ・コンポに入れ、流しはじめた……。予想通り、〈不思議なピーチパイ〉ではギターはほとんど目立たない。
その後、CDに入っている曲をすべて聴いたが、これといった発見はなかった。

♪

「ダメか……」僕は、つぶやいた。割り箸を2つに割った。

店の昼休み。近所のラーメン屋から、中華丼を出前してもらった。涼夏と、テーブルで食べはじめた。竹内まりやのCDは、3枚全部聴いた。中には、ギター・ソロが軽く入るのもあった。が、いま探している音ではなかった。

「問題は、竹内まりやじゃなかったんだな」と僕。箸を使いながらつぶやいた。そして、

「あのとき、どんな話をしたっけ？」と涼夏に訊いた。

「あのとき？」と涼夏も中華丼を食べながら言った。

「ほら、久美がここのキーボードを弾いて〈不思議なピーチパイ〉を歌ったときさ」

「ああ」と涼夏。思い出しながら、あのときのやりとりを再現する……。

「で、最後は？」

「うーん、最後は哲っちゃんが昔の映像を思いだした口調で〈これを歌った頃の竹内まりやって、まだアイドルっぽかったなぁ……〉ってつぶやいたと思う」と涼夏。

「……アイドルっぽかった……」と僕は口にした。何かが、心に引っかかるのを感じていた。何だろう……。その30秒後だった。

「あ、そうか……」僕は、宙を見つめてつぶやいた。持っている割り箸から、ウズラの玉子がポロリと中華丼に落ちた。

7　幻のアンダルシア

「アイドル？」と涼夏が訊いた。

「ああ。引っかかってたのは、竹内まりやじゃなかった。初期の彼女がアイドルっぽかった……。そのアイドルって言葉が引っかかってたんだ」

「ってことは？」

「たぶん、誰かアイドル歌手の曲、その中で聴いたギターの音が記憶に残ってるんだと思う」

「へえ……」と涼夏。意外そうな表情をした。

「あのさ、アイドルの曲でも、意外に腕のいいスタジオ・ミュージシャンが演奏してる事もあるから」僕は言った。

それは、嘘ではない。涼夏も、「確かにそうかも……」と言った。そして、

「でも、哲っちゃん、うちの店にはアイドル歌手のCDってほとんどない気がするけど……」僕は、うなずいた。

「でも、確かに、誰かアイドル歌手のナンバーだった。その中で聴いたギターの音なんだ……」僕は、つぶやいた。同時に、自分に問いかけていた。いつ、どこで聴いたのだろう……。

♪

やっぱり、なかったか……。僕は、つぶやきながら冷蔵庫を開ける。缶ビールを出した。プルタブを開け、ぐいと飲んだ。

夕方の5時だった。この午後は、涼夏とCDを探しまくった。店の中のCDコーナーは全部見た。そして、裏にある倉庫の中も見た。

倉庫には、売り物にならないようなボロボロのCDが30枚ほどあった。けれど、それらしいアイドル歌手のものはなかった。僕らはあきらめたところだった。

僕が、缶ビールを飲み干そうとしたときだった。

「哲っちゃん……」という声。ふり向くと、リビングの入り口に涼夏がいた。

「ちょっと、来てみて」と言った。自分の部屋に入って行く。


♪


涼夏の部屋に入るのは、久しぶりだった。

表情や口調が子供っぽいとはいえ、涼夏はもう15歳。微妙な年頃だ。そんな女の子の部屋にずかずかと入るのは、まずいだろう。いくら従兄妹《いとこ》同士でも……。

涼夏が通信教育での勉強をするときは、リビングか僕の部屋でやっている。

そんなわけで、かなり久しぶりに涼夏の部屋に入った。基本的には何も変わっていない。ベッド。勉強机。小さなクローゼットなどなど……。

僕の目は、机の上に……。

そこには、額に入った写真があった。シンプルな額に入った、サービスサイズの写真。

そこには、僕の父親と涼夏が写っていた。よく覚えている……。この写真は、僕が撮ったものだ。

涼夏が、確か小学六年生。いまの久美ぐらいの頃だ。

夏休み。涼夏が、ずっとうちに泊まっていたときだ。

すぐそばの防波堤。釣り好きだった僕の父親と、涼夏が小物釣りをしていた。

涼夏が、手のひらより小さい海タナゴを釣り上げた。明るい笑顔。釣った海タナゴをカメラに見せている。顔も腕もチョコレート色に陽灼けして、歯の白さが眩しい。

父親も笑顔で、涼夏の肩を抱いている。本当の父と娘のような二人に向けて、僕がシャッターを切ったのだ。あの真夏の午後……。

「懐かしい写真だな……」僕は言った。そして「なぜ、この写真を額に？」と訊いた。

涼夏もその額を見た。そして、

「道雄《みちお》おじさんの一周忌が近いから……」と言った。

そうか……。僕は、うなずいた。

そして涼夏は、写真の額のそばにあるCDを見た。そこには、何枚かのCDと映画のDVDが1枚あった。

そのCDが何か、すぐにわかった。父親がギタリストとして録音に参加したCDたちだ。涼夏が、ほかのCDとは別にしてここに置いているらしい……。

涼夏は、映画のDVDの下にあった一枚のCDを手にとる。顔から5センチぐらいに近づけそのジャケットを確かめる。そして僕にさし出した。

「DVDの下にあって、ずっと忘れていたけど、これ……」と言った。

僕の目は、そのジャケットに釘づけになった……。頭の中で、記憶がフラッシュバックする……。これか……。

♪

〈山崎《やまざき》ゆい〉〈First Love《ファースト・ラヴ》〉の文字。

そして水色のブラウスを着た少女の写真がCDジャケットにあった。

僕は、CDの裏面を見た。そこには、いろいろなクレジットが、細かい字で並んでいる。その中に、バックバンドのメンバーもある。

〈Guitar《ギター》 牧野道雄〉の小さな文字。牧野道雄は、僕の父だ。

僕は、さらに細かいクレジットを見た。このCDがリリースされたのは、いまから7年前になる。「もう7年たつのか……」僕は、つぶやいた。

♪

「この、山崎ゆいさんって、人気アイドルだったの？」と涼夏が訊いた。僕は、うなずいた。

山崎ゆいは、確か12歳の頃にスカウトされ、テレビCFに出はじめた。14歳のときにはもう人気タレントになっていた。その彼女のデビューCDが、これだ。

その録音でギターを担当するのが父親と聞いて、僕は少し興奮したものだ。

山崎ゆいは、僕と同じ年。中学の男子生徒にもファンが多かった。仲間からは、〈サインをもらってきてくれ〉というリクエストが殺到していた。

そんな事をさっして、父が、録音の最終日に僕をスタジオに呼んでくれた。

僕が東京のスタジオに行くと、録音の最中だった。父が、スタジオでギターを弾いていた。が、僕は近くにいる山崎ゆいばかり見ていた。14歳の中学生だから、仕方ないのだけれど……。

やがて、山崎ゆい本人の歌入れも終わり、すべての録音は終了。僕は、仲間に頼まれた彼女のサインをもらってスタジオをあとにした。

♪

「それがこのCD?」と涼夏。僕は、うなずいた。

録音から1カ月して、CDの見本盤がきた。僕は、それを聴いてみた。

ほとんどは、予想通り。いかにも、アイドルのアルバムだった。軽く明るく可愛い曲が続く。それを、僕はやや醒めた気分で聴いていた。14歳とはいえ、もうかなりギターの腕は上がっていた。気分だけは、プロのミュージシャンだった。

そんな僕からすると、彼女のCDはあまりに他愛ないポップスに聞こえたのだ。ただ、

「1曲だけ、気になるのがあった」と僕。そのCDを手にして言った。

11曲目に入っている〈幻《まぼろし》のアンダルシア〉というバラードがそれだ。この曲だけ、雰囲気が明らかに違う。大人っぽく、しっとりとした曲だった。

アップテンポの明るい曲ばかり……。その中に、試しにしっとりとしたバラードを入れてみた……。そういう事だろう。割によくある手だ。

涼夏の部屋の隅には、CDプレーヤーがある。僕は、そこに山崎ゆいのCDを入れた。

再生をはじめ、11曲目まで飛ばす。やがて、〈幻のアンダルシア〉が流れはじめた。

イントロから、ギターではじまる。その音を聴いたとたん、僕の腕に軽く鳥肌が立った。ささやくような……あるいは、ため息のようなフレーズ……。

温かく、同時に哀感のある音……。僕の記憶にあったのは、このギターだった……。

「これだ……」僕は言った。


♪


「……きれいな音……。でも、ちょっと悲しい音……」涼夏もつぶやいた。そして、

「それで、このギターは？」と涼夏。

「それが問題だ……」僕は言った。

父親は、この楽器店を細々とやりながら、スタジオ・ミュージシャンの仕事がくればやっていた。そのとき使っていたギターは、フェンダー、ギブソンのレス・ポール、そしてマーチンのアコギ。それぞれ定番のギターだ。けれど、いまの音は、明らかにそれらのギターではない。

「スタジオに行ったときは、ギター見なかったの？」と涼夏。僕はうなずく。

「よく見えなかった」と言った。実は、父親の演奏より、近くにいる山崎ゆいに気をとられていたのだ。が、それは涼夏の前で口にしない事にする。

「さて、これがどこのギターか……」僕は、つぶやいた。そして、ふと気づいた。

涼夏の机の上にある映画のDVD。それは、あの〈ボヘミアン・ラプソディ〉だった。まだ、パッケージを開けていない新品のままだった。

「これは？」と僕は訊いた。

♪

その5分後。

涼夏は、カーペットに座りベッドに背中をもたせかけた。何か、思い出す表情。

「あれって、ほとんど1年前だった……」ぽつりと口を開いた。そして、

「わたしの誕生日の前の日だった……おじさんが、このDVDをプレゼントしてくれたの」

と涼夏。僕は、うなずいた。真夏がはじまる7月20日が、涼夏の誕生日だ。

1年前の誕生日。僕は、GAP《ギャップ》のアウトレットで買ったTシャツをプレゼントした。その前の日に、父親が〈ボヘミアン・ラプソディ〉のDVDを涼夏に……。初めて聞く事だった。

その頃は、涼夏が事故に遭って視力にダメージを受けてから、1年近くが過ぎていた。

平塚《ひらつか》にある視覚障害者のための学校は、もうやめていた。

この家で暮らし、僕が通信教育を手伝っていた。

「誕生日の前の日、おじさんがこのＤＶＤをプレゼントしてくれて……そして言ったの。〈目がよくなったら、一緒に見よう〉って……」と涼夏。僕は胸をつかれた。

弱視の涼夏に、少しでも希望を持たせてやりたいと……。

「わたしが思わず泣きそうになると、おじさんは優しく言ってくれた……。〈だって涼夏はうちの子じゃないか〉って……」

ふと見れば、涼夏の頰に涙がつたっている。レースのカーテンごしに射す夕陽が涙を光らせている。

僕は、彼女の隣りに座り、その肩を抱いた。

「……道雄おじさんが、本当のお父さんならよかったのに……」

涙声で涼夏は言った。鼻をぐすっといわせた。

「でも、おじさん、突然……」と涼夏。言葉をつまらせた。

涼夏の誕生日の前日に〈目がよくなったら、一緒に見よう〉と言ってＤＶＤをプレゼントした。その1週間後、父親はあっけなく死んでしまった……。

涼夏は、涙を流しながらその額を僕の顔に押しつけてきた。

彼女は、いわば一人目の父親を見失い、二人目の父親もなくしてしまったのだ……。

僕は、彼女の肩を抱く腕に力をこめた。

「哲っちゃん……」涙で濡れた声で涼夏がつぶやく。その頰が、僕の頰に押しつけられた。彼女の頰には涙が流れて、熱かった。密着した体……。彼女の体温を感じる。いつも使っているボディーソープの香りが、僕の鼻先をかすめた……。

もう、二人の唇と唇が触れ合う寸前……。涼夏の息を感じる……。

8　想い出は、黄色いTシャツ

そのときだった。僕のポケットで、スマートフォンが鳴った。通話の着信らしい。僕らの唇が、3センチほど離れた。着信音は鳴り続けている。

「……出ないの？」涼夏が、かすれた小声で言った。

「いいよ」と僕。「でも、仕事の電話だったら？」と涼夏。

結局、僕は電話に出ることにした。このとき、少し複雑な気持ちになっていた。

残念と安堵《あんど》……。

正直に言おう。涼夏とキス寸前までいった。それが電話でさえぎられた事に対して、残念な思いがあった。やはり、この子をただの従妹とは思えなくなっているのは確かだ。

同時に、ほっとしたのも事実だった。

やはり、家族に置いていかれた子の面倒をみているという気持ち。さらに、彼女とは小さな頃から兄妹のように育った従兄妹同士……。その事が、引っかかるのも確かだった。

人の気持ちは、ときに複雑だ。ギターのコードでいえば〈Ｆａｕｇ《エフオーギュメント》〉だろうか……。

♪

僕は、ゆっくりと立ち上がった。涼夏の部屋を出ていく。もう、着信音は鳴りやんでいた。着信履歴を見る。かけてきたのは彩子だった。そろそろサイパンから帰ってきたのだろうか……。僕は、リビングから彩子にかけた。彼女は、すぐに出た。

「よお、まだサイパンか？」

「もう帰ってきたわよ」と彩子の笑い声。「お土産があるし、仕事の話もあるから、明日にでも寄っていい」

「もちろん」と僕。「ああ、こっちも用事があった」

「何？」

「親父さんに、ちょっと相談があるんだ。来てもらえないかな？」

「わかったわ。言っておく」

♪

「おお、焦《こ》げたなぁ……」僕は、彩子に言った。

翌日の午後3時。彼女が店に来た。プロのウインドサーファーだから、もともと灼けている。が、さらに深い色に陽灼けしていた。

「やっぱりサイパンは陽射しが強いの。これでも陽灼け止め塗ってたんだけどね」

と彩子。僕と涼夏に、お土産のTシャツをくれた。そして、

「これ、サイパンで撮った映像。まだ編集してないけど、見れば感じがつかめると思って」と言い、一枚のディスクを僕に渡した。

4カ月後、彼女のDVDが発売される予定だ。その中で流れるBGMを僕が作る事になっているのだ。僕はうなずいてディスクを受け取った。

♪

そのとき、ドアが開いて彩子の父、俊之《としゆき》が入ってきた。

「このギター？」

と俊之が訊いた。あの山崎ゆいのCDを店のミニ・コンポに入れた。〈幻のアンダルシア〉を再生しはじめた。そうしながら、説明する。このギターはうちの父親が演奏した。が、

「この録音で使ったギターが何か、わからなくて……。親父はもういないし、この店にはそれらしいギターがなくて……」僕は言った。

俊之は、腕利きのギター職人だ。彼ならわかるかもしれない。そう思って来てもらったのだ。俊之は、じっと曲を聴いている。やがて、曲が終わった。俊之は、首をひねった。

「フェンダーのThinline《スインライン》かな……いや違う……。レス・ポールにライト・ゲージの弦を張った……いや違うな……」と俊之。腕組みしてつぶやいた。やがて、

「正直言って、聴いた事がない音だ」と言った。腕組みをとき、僕を見た。

「このCDを録音したときのディレクターに訊くのが一番いいと思うが」と言った。それは、僕も考えていた事だ。

「そうしてみるよ」僕は言った。俊之はうなずく。

「この凄く微妙な音……私も興味があるな。何かわかったら教えてくれ」と言った。

♪


「……きれい……」テレビの画面を見つめて涼夏がつぶやいた。

晩飯がすんだ後だ。彩子から渡されたディスクを再生していた。

僕はテーブルでバーボンを飲みながら……。涼夏は、テレビのすぐ近くにいる。

そのテレビは、50インチ。目の悪い涼夏のために、少し無理して1カ月前に買った大型のものだ。これを買うため、倉庫にあった中古のギターを3台売った。

涼夏は大画面の70センチぐらい前にいる。床に座り、両膝をかかえ見ている。

画面に、サイパンの青い海が映った。それを見て、〈……きれい……〉と彼女がつぶやいた。さすがに、50インチの大画面のすぐ近くにいれば、そこそこ見えるようだ。

やがて、ウインドで海面を疾走する彩子の姿……。

涼夏は、口を半開きにしてそれを見ている。そして、ビーチでくつろいでいる彩子のアップ。ピンクの口紅を塗り、髪には白いプルメリアの花……。それを見て、

「……彩子さん、きれい……」と涼夏がまたつぶやいた。そして、口は半開き……。自

分には届かない世界を見ている感じの表情……。

僕は、そんな彼女のあどけないとも言える横顔をじっと見つめた。少し胸が苦しくなるのを感じていた。それが、涼夏を愛しいと思う感情なのか、彼女を可哀想だと思う気持ちなのか、うまく整理できないでいた。

液晶画面の明るさが、涼夏の横顔を照らしていた……。


♪


「ああ、哲也君か……」と麻田。

「例のギターの件で、ちょっと知りたい事があって」僕は、スマートフォンを耳に当てて言った。

「何でも訊いてくれ」と麻田。僕は、説明しはじめた。7年前にリリースされた山崎ゆいのCD……。そのときのディレクターを知りたいと言った。

「山崎ゆい……。テレビCFで人気になった子だな」と麻田。「調べられると思うが、少し時間がかかるかもしれない」

「……時間がかかる?」僕は訊き返した。麻田は、業界ではベテランのプロデューサーなのに……。

「なぜかというと、そのレコード会社は3年前に倒産してるから」と麻田が言った。

「倒産……」

「ああ……。あそこは、アイドル路線でやってたんだけど、ソロで歌うアイドルの人気が下火になって、CDは売れなくなり会社は倒産した。社員や関係者たちは、あちこちに散っていったと思う」

僕は、うなずいた。ある時期から、アイドル歌手の人気はなくなり、いわゆるアイドル・グループが全盛になっている。

「まあ、調べてみるよ。何かわかりしだい連絡する」と麻田は言った。

♪

「え!? どうしたの?」と涼夏が声を上げた。

3日後。午後4時だ。店のドアが勢いよく開き、久美が入ってきた。というより、転がり込んできて、床に倒れた。マーチンに弦を張っていた僕もふり向いた。

久美は、ひどいありさまだった。顔も髪も砂まみれだった。頬には濡れた砂がへばりついている。着ているTシャツの襟ぐりは、破れかけている。

「誰にやられたんだ?」駆け寄った僕は訊いた。けれど久美はこたえず、わっと泣き出した。泣きながら、

「これじゃ帰れない……。お爺ちゃんが心配する……」と言った。幸い、怪我はしてないようだ。僕と涼夏は、久美に手をかし立ち上がらせる。

「とにかく、シャワーで砂を落とさなくちゃ」と涼夏が言った。


♪


5分後。久美は、二階の風呂場でシャワーを浴びていた。

「砂を落とすのはいいけど、破れかけたTシャツはどうする?」僕は、涼夏に訊いた。

「たぶん大丈夫。わたしが昔着てたのがあるから」と言った。自分の部屋から、一枚のTシャツを持ってきた。それは、確かにかなり小さなサイズの黄色いTシャツだった。クジラのイラストが小さくプリントされている。


♪

「で、誰にやられたんだ」僕は久美に訊いた。彼女は、涼夏のTシャツを着て麦茶を飲んでいた。

「……同級生の男の子……」と久美。男の子2人に、近くの砂浜で小突き回され、突き倒されたという。

「でも、どうして？」涼夏が訊いた。久美は、しばらく無言でいた。そして、

「……お爺ちゃんが……」と口を開いた。学校の教室にある教壇がひどく古ぼけてきた。そこで久美の爺さんが、その修理をしてあげたという。担任の先生がそれにとても感謝したらしい。

「でも、男の子がケチをつけてきて……」と久美。妬《ねた》みからいじめへ……。ありそうな事だ。

「という事は、お爺さんは大工さん？」と涼夏。久美は首を横に振った。

「家具作りの職人」と言った。「いまはもう仕事をやめてるけど、名人だったたってお母さんが言ってた」

それを聞いて、僕はうなずいていた。いつか、ここへ久美を迎えにきた爺さん……。背筋ののびたその姿を思い出していた。

元は名人と言われた家具作りの職人……。そう言われれば、納得出来る雰囲気が漂っていた。えらく無愛想だが、〈気骨〉という言葉を連想させる爺さんだった……。

♪

「あんな小さいTシャツ、よくとってあったなぁ……」僕は涼夏に言った。久美が帰って行った10分後だった。涼夏は、うなずく。

「あのTシャツ、見覚えない?」と訊いた。僕が考えている間に、「あれ、哲っちゃんが買ってくれたのよ」と涼夏が言った。

「あ……」僕は思い出した。そう言えば、額に入っている父親と釣りをしてる写真。小学六年のときの写真で着ているのはあの黄色いTシャツだった……。

「わたし、暑がりなんで、夏の葉山ではよくダラっとしたタンクトップ着てたじゃない、ブラも何もしないで……」と涼夏。「そしたら、〈お前、おっぱい見えちゃうぞ〉って哲っちゃんが言って、〈げんべい〉でTシャツを買ってくれたのよ」

そう言うと、涼夏は頬を赤く染めた。

僕は、もう完全に思い出していた。男の子みたいな体形だったこの子も、小学六年になると、さすがにバストの膨《ふく》らみが少し目につくようになっていた。

けれど、やや天然ボケなので、いつも、のびたタンクトップばかり着ていた……。だぶっとしたタンクトップのわきから、胸の小さな丘が見えていたものだ。

そこで、高校生だった僕は、葉山町内にある店〈げんぺい〉でTシャツを2枚ほど買ってやった、それを思い出していた。

さすがに、小学六年の娘《こ》の胸にドキリとしていたわけではない。けれど、あの夏頃から、僕は涼夏をただあどけない従妹ではなく、一人の女の子として意識しはじめたのだろうか……。甘酸っぱい想いが、胸をよぎる……。

♪

そのときだった。スマートフォンが鳴った。かけてきたのは、麻田だった。

「哲也君、あの山崎ゆいのCDを作ったディレクターがわかったよ」

9　パーティーが終わったとき

「……わかった?」僕は、少し緊張してスマートフォンを握りなおした。

「ああ……。山崎ゆいのCDはとっくに廃盤になってて手に入らないし、レコード会社はもう倒産してるから、調べるのに少し時間がかかったよ」と麻田。

「あのCDを担当したディレクターは、山田ケンイチという。フリーランスのディレクターだ」

「フリー……」と僕。

「ああ、いろいろなレーベルの仕事をやっていたようだ。うちでも1回だけ仕事をしてもらった事があったんで、なんとか足取りがつかめたよ」

「で、そのディレクターはいま?」

「いまは、長野にいるという」

「長野？」

「ああ。上田《うえだ》市にある施設に入っているらしい。アルコール依存症から立ち直らせるための施設だ」と麻田。僕は、しばらく無言……。それほど驚かなかったが、ざらりとした思いが心をよぎった。

「本人とは直接話せないので、家族を通じて連絡をとった……。で、あの山崎ゆいのCDを録音したときの事を訊いてもらった。その結果、あの録音に関わったミュージシャンで、連絡先を知っているのはベーシストだけだという」

「ベーシスト……」

「ああ、小野寺《おのでら》というベーシストで、ディレクターだった山田はよく一緒に仕事をしたようだ」

「で……その小野寺というベーシストはどこに？」

「山田ケンイチが施設に入った1年前は、君と同じ神奈川県に住んでいたと……」

「神奈川？」

「茅ヶ崎にある実家にいたという。……会ってみるかい？」

「……たぶん……」僕は言った。小野寺の携帯の番号を聞き、それをメモした。

「それで、あの山崎ゆいはいま？」と僕は訊いてみた。

「それは、よくわからない。あのCDは、セールスがあまり良くなかったらしい。1年後に出したCDは、さらに悪かったようだな……。彼女の芸能界での活動は、18歳で終わっている。いま、どこで何をしているかは、わからない……」麻田は淡々とした口調で言った。


♪


その10分後。僕は、山崎ゆいのCDを手にしていた。バックバンドのクレジットを見た。

ベーシストは、小野寺誠《まこと》。間違いない。

ベーシストと話が出来るというのは、悪くない。ベースとギターは、いわば兄弟のような楽器だ。ギター弾きは数が多いので、ギタリストからベーシストに転向したミュージシャンもいる。そんなベーシストの小野寺なら、あの録音で父親が弾いたギターを覚えている可能性がある……。

♪


翌日。午前11時。僕は、小野寺の携帯にかけた。6回目のコールで出た。

「はい……」という声が少し警戒している。全く知らない番号からかかってきたから当然だろう。

「小野寺さん?」

「そうだけど……」と低い声。まだ警戒している。

「牧野といって、以前あなたと一緒に仕事をしたギタリストの牧野道雄の息子で……」と僕は言った。5、6秒して、

「……ああ……」と小野寺。その声から、警戒がかなり消えていた。やがて、

「あの牧野さんか……」とつぶやいた。

父親の事でちょっと訊きたいので、行ってもいいかと僕。「うちは葉山なんで」と言った。

「それはいいけど……」と小野寺。いまは、茅ヶ崎にある実家を手伝っているという。

僕は、その場所を聞いて通話を終えた。

土曜日なので、昼過ぎにタマちゃんが遊びに来た。涼夏とタマちゃんに店をまかせて、僕は車に乗った。

♪

小野寺の実家は、青果店だった。

ＪＲの茅ヶ崎駅から海岸に向かう道に面していた。海岸まで３００メートルぐらい。初夏の午後なので、ボードをかかえ自転車に乗ったサーファーたちとすれ違う。

〈小野寺青果店〉の看板は、かなり年季が入っている。長年、ここで店をやっているらしい。いま、近所の主婦らしい中年女性が店先で買い物をしている。

四十代と思える男が、客の相手をしている。ジーンズ。色落ちしたＴシャツ。やや長髪で、薄い口ひげをはやしている。

僕は、少しはなれたところから、それを眺めていた。主婦らしい客は、キュウリとキャベツを買っていった。客がいなくなると、彼が僕に気づいた。じっと見た。

「あの……牧野……」とつぶやいた。僕は、うなずいた。小野寺と向かい合う。彼は、微笑し、「どことなく親父さんに似てるな……」と言った。

「仕事中、申し訳ありませんが……」僕は言った。

♪


「で、知りたい事って？」と小野寺。あらためて僕を見た。

「7年ぐらい前、山崎ゆいっていうアイドルのCDをレコーディングしたと思うんだけど……」と言うと、数秒して、「……ああ、やったなあ……」とうなずいた。

「そのときの録音では、うちの親父がギターを弾いてた」

「……そうだったな」

「で、親父がどんなギターを弾いてたか、それが知りたいんだけど」と僕。そのとき、店に客が入ってきた。やはり主婦らしい客だった。「ちょっとごめん」と小野寺。客の相手をしはじめた。

その客は、トマトとアスパラガスを買っていった。

「あのレコーディングでねぇ……」と小野寺。しばらく考えている……。やがて、「確か、ストラトキャスターを弾いてたと思う。ブラック・ボディーのストラト」と言った。僕は、うなずく。父が愛用していたそのストラトは、まだうちの倉庫にある。

「ほとんどの曲はそのストラトだったと思うけど、1曲だけ、〈幻のアンダルシア〉ってバラードだけは、違うギターを弾いてたんじゃ……」

「〈幻のアンダルシア〉……。ああ、あのスローバラードね……。いい曲だった……」と小野寺。「しかも、あれだけは、まるで違うタッチの曲だったなあ……」

♪

「見た事もないギター?」僕は、訊き返していた。小野寺はうなずく。

「あの曲で親父さんが弾いてたギターは、おれも初めて見たやつだった」と彼。「でも、すごく印象的な音がしてたな……」

「そのギターのメーカーは?」

「いや、有名メーカーのものじゃなく、カスタム・モデルだと言ってたな……」

「カスタム……。それは、どんなタイプの……」

「うーん、どんなだったかなあ……」と小野寺。しばらく考え、「もしかしたら、写真があるかもしれない」と言った。

「ちょっと探してみるよ」小野寺は、そう言うと店の奥に入って行った。店の奥が住居になっているらしい。

5分ほどで戻ってきた。手に、写真のプリントをかなりの枚数持っている。

「山崎ゆいはアイドルだったから、レコーディング中の写真をカメラマンがたくさん撮ってね」と小野寺。「レコーディングのあと、そのプリントをくれたんだ」

と言った。僕に、プリントを渡してくれた。僕は、それを見はじめた。10枚以上ありそうだ。

基本、小野寺と山崎ゆいが写っているレコーディング中のスナップショットだ。

山崎ゆいは、歌っているとき以外は、アイドルらしく、必ずカメラに笑顔を見せている。小野田と山崎ゆいの2人が写っているショットが続く。……6枚、7枚、8枚……。

そして、最後の10枚目……僕の手が止まった。

山崎ゆいを真ん中に、小野寺と父が左右に写っている。記念写真のように……。そして、父は肩にギターを吊っている……。


♪

僕は、その写真をじっと見た。小野寺が脇から覗《のぞ》き込んだ。そして、「ああ、そのギターだよ」と言った。

僕はもう気づいていた。父が肩にかけているのは、見た事のないギターだった。何に一番近いかと言えば、フェンダーのテレキャスターかもしれない。けれど、ボディーの形、特にカッタウェイの形状が少し違う。コントロール・ノブの位置も明らかに違う。

ボディーは、やや赤みがかったナチュラルなウッド。つや消しのフィニッシュだった。ヘッドにはロゴが入っているが、その写真からは読めない。それを訊くと、

「ああ、確かそれ、〈マホガニー〉って入ってたな」と小野寺。

「マホガニー……」僕がつぶやくと、彼が説明する。

マホガニーの綴りは、〈mahogany〉だ。が、このロゴは最後の〈y〉を〈ie〉に変えて、〈Mahoganie〉にしてあったという。

「という事は、このギターはマホガニーを使ってる?」と僕。

「ああ、たぶん……」と小野寺は言った。僕は、うなずいた。

マホガニー材は、主に高級なギターに使われている。ギブソン・レスポールの一部や、同じギブソンのアコースティック、J-45の一部に使われているのは、よく知られてい

る。

が、マホガニーそのものが手に入りづらくなり、最近ではあまり楽器に使われなくなったと聞いた事がある。

いずれにしても、このギターをうちの店で見た事はないし、それ以外でも見た覚えがない……。僕は、そのギターの形状を記憶にとどめる。

「どうも」と言い、その写真を小野寺に返そうとした。けれど、

「あ、それはいいよ」と言った。父が写ってる写真なのでくれるという事らしい。僕は礼を言い、写真をポケットに入れた。

♪

「……この店をこれからも？」僕はふと小野寺に訊いた。

「まあ、もうしばらくは……」

「音楽の仕事には、もう戻らない？」訊くと、小野寺は軽く苦笑い。

「ネイザン・イーストをめざしてベースをやってたが、気がつけばアイドルの曲のバックばかりやってた……。こんな仕事、もういいかって感じで……」とつぶやいた。

N《ネイザン》・イーストは、世界的なベーシスト。E《エリック》・クラプトンの演奏に数多く加わっている。

「誰でもネイザンやクラプトンになれるわけじゃないし……」と僕。

「それは、わかってるけどね……」小野寺は、また苦笑した。

僕は、店先を眺めた。これだけ色々訊いたのだから、何か買って帰らなければ悪いかなと思った。そこで、

「キャベツ、もらおうかな」と言った。小野寺は、うなずく。キャベツをとり、ビニール袋に入れてくれる。そうしながら、「親父さん、亡くなったんだってね」

今度は、僕がうなずいた。「1年ぐらい前に……」とだけ言った。金を払った。

小野寺は、ビニール袋を僕に渡すとき、そばにあったライムを2個とる。「サービス」と言って袋に入れた。一瞬、白い歯を見せた。

♪

「おじさんがスタジオで仕事してるところ……」と涼夏がつぶやいた。

夕方の5時半。うちのリビングだ。涼夏は、写真を顔の前に近づけて見ている。小野寺がくれた、録音スタジオでのスナップだ。

「で、これがそのギター?」と涼夏。僕は台所で手を動かしながら、うなずいた。

♪

「哲っちゃん、キャベツがすごくたくさん……」と涼夏が言った。

作った焼きソバを彼女の前に置いた。涼夏が、それを食べはじめたところだった。小野寺から買ったキャベツは大きかった。なので、たっぷりと焼きソバに入れたのだ。

「いっぱい食えよ」僕は、まだ細《ほ》っそりとしている涼夏の肩を見ながら言った。

僕は、ジン・トニックを作る。小野寺がくれたライムを絞った。それに口をつけ、またテーブルにある写真を眺めた。

山崎ゆいの左右に、小野寺と父……。みなカメラに向かい笑顔を見せている。

〈ベースの仕事はもういいかな……〉と小野寺は言っていた。けれど、この録音スタジオの写真を今でもあれほど持っていたという事は……。

それは、小野寺にとって単なるいい思い出なのだろうか。それとも、彼の心の中には、ミュージシャンの仕事に対する未練がまだ残っているのだろうか……。

僕は、あらためて写真に写っている三人を見た。死んだ父も含め、もう誰も音楽に関わっていない……。その事実を噛みしめていた……。

ライムをたっぷり絞った濃い目のジン・トニックが、少し苦い。部屋のミニ・コンポからは、B《ビリー》・アイリッシュの〈When《ウエン》 The《ザ》 Party's《パーティーズ》 Over《オーヴァー》〉が流れていた。

〈パーティーが終わったとき〉とビリーが、ささやくように、泣くように歌っている……。

10　ワシントン条約が、邪魔をする

ホーンが、由比ケ浜《ゆいがはま》に響いた。
沖では、30人ほどのウインドサーファーがいっせいにスタートラインを横切った。カラフルなセイルたちが、海面を疾走しはじめた。

♪

僕が小野寺に会った翌日、日曜日。午後の2時過ぎだった。
その日の午前10時、僕は木村《きむら》俊之に電話をかけた。あの小野寺がくれた写真を見て欲しいと、用件を言った。ギター職人の俊之が見たら、何かわかるかもしれないと思ったのだ。

「それはいいけど、私はこれから出かけるところなんだ」と俊之。娘の彩子が出場するウインドサーフィンの大会が、由比ヶ浜で開催されるという。俊之は、その応援に行くと言った。

「午前中から予選がはじまってるから、いま出るところなんだ」と俊之。僕らは、その会場で会う事にした。店は昼でクローズにし、涼夏を連れて葉山を出た。

♪

会場は、にぎやかだった。大手の飲料メーカーがスポンサーをしているメジャーな大会らしかった。何百人ものギャラリーや関係者たちがビーチにいた。みな、沖を見ている。どうやら決勝のレースらしい。

風は、6、7メートル。ウインドサーフィンには絶好の強さだ。ブルーやピンクのセイルが、その風を孕《はら》ませ突っ走っている。

僕らは、ビーチに作られた関係者席に近づいて行った。俊之は、そこにいた。僕らを見ると笑顔で手を振った。

「トップは、ピンクのセイルの木村彩子選手！」と会場のスピーカーから中継の声が響いた。

選手たちが、最後のマークでターンしようとしていた。ピンクのセイルの彩子が、５メートルほどのリードをたもってターンした。ターンすると、さらに彩子のセイルが風をつかみ、スピードが上がった。

やがて、そのリードを15メートルに広げ、彩子がトップでゴールした。

僕の隣りで、俊之が、「よし！」と言った。ギャラリーたちから、歓声、拍手、ため息……。

♪

「あの、サインくれませんか？」という声。彩子が顔を上げると、白いキャップとサインペンを持った若い男がいた。彩子のファンらしい。

大会は終了。表彰式も終わり、夕方のビーチに特設された野外会場で、カジュアルなパーティーが開かれていた。優勝した彩子、父の俊之、そして僕と涼夏は、同じテーブルについていた。皆の前にトロピカル・カクテルのグラスがあった。

彩子は座ったまま、ファンにサインしている。それが終わると、雑誌のカメラマンらしい男が彩子にレンズを向けた。何枚か撮ると、

「じゃ、お父さんと一緒に」と言った。

彩子と俊之が肩を並べる。その二人に向けて、ストロボが光る。そんな光景を、涼夏がじっと見ている……。

その撮影が終わると、俊之は目の前にあるマイタイのグラスに口をつける。

僕はポケットから例の写真を出した。録音スタジオで父がギターを肩に吊っている写真だ。俊之が酔わないうちにと思い、その写真を見せた。

「これなんだけど……」と言った。俊之は、真剣な表情でそれを見た。


♪


「見た事がない……」僕は訊き返していた。5分ほど写真を見ていた俊之は、うなずく。

「個人でギター作りをしているビルダーもそこそこいるけど、これは見た事がないなあ

……。〈マホガニー〉というギターのネーミングも聞いた事はない……」

と言った。そして、

「ギターにマホガニー材を使うと、その音に温かさと深みが出ると言われているね……。けれど最近、マホガニーは手に入りにくくなってる。ワシントン条約によって取引が制限され、輸入が難しくなってるんだ」

「ワシントン条約か……。マホガニーもクロマグロと同じ運命……」僕はつぶやく。

「ああ、そういう事……。だから、マホガニーを使った楽器と言っても、実は〈マホガニーまがい〉の代替品を使ったものが多いんだ」と俊之。「もし、お父さんが使ったのが本物のマホガニーを使ったギターだとしたら、それは、かなりのヴィンテージ物かもしれないね」俊之がそう言ったときだった。

「大変！　涼夏ちゃんが！」と彩子の声。


♪

「どうした」僕は言った。左右を見回す。隣りに座っていたはずの涼夏がいない。俊之とギターの件で話をしていて、気づかなかった。

見れば、テーブルにあるマイタイが半分以上減っている。

「あいつ、酒飲んだのか……」僕は口にしながら、立ち上がった。彩子について会場を出る。その裏の砂浜に早足で出て行く……。

薄暗い砂浜。Tシャツ姿の涼夏は、四つんばいになってゴホゴホとむせている。

どうやら、飲んだマイタイを吐いたらしい……。彩子が、

「大丈夫？」と言い、その背中をさする。涼夏は、まだむせている。僕もその背中をさするのを手伝いはじめた……。やがて、

「うう……」という声。涼夏が、むせながら、同時に泣きはじめていた。


♪


「……ごめんなさい……」

と涼夏。走る車の助手席で言った。顔にタオルを当てて泣き続けている。

30分後。なんとか吐くのがおさまった涼夏を乗せ、葉山に戻ろうとしていた。

「気にするなよ」僕は、涼夏の肩を軽く叩いた。

涼夏は、どうやら間違えてマイタイを飲んでしまったらしい。ストレートグラスに入

ってストローがそえられたマイタイを、ジュースだと思って飲んでしまったらしい。

僕は運転があるので飲まなかったが、かなり甘く作ったマイタイだったようだ。

それにしても……。全くアルコールに気づかなかったとは……。涼夏の味覚は、わりと鋭かったはずなのに……。

僕は、ふと思った。目の前では、彩子と俊之の親子に向かってカメラのストロボが光っていた。カメラに向かい、仲良さそうに笑顔を見せている二人……。温かく幸せそうな父と娘の光景……。

そんな光景は、いまの涼夏にとって手に入らないもの……。やはりそれが気になって、注意力を欠いていた……。もしかしたら、そうかもしれない……と僕は思っていた。が、その事は口にしないでステアリングを握っていた。

つけているカーラジオ。湘南ビーチFMが、K《キース》・ジャレットのスローバラードを流している。


♪

「オーケイ」僕は言った。曲が終わり、アンプからギターやベースのサスティーンが消えたところだった。

横須賀。米軍基地から歩いて5分のところにある〈シーガル・スタジオ〉。僕らは、録音をしていた。彩子のDVD、そこに入れる曲を演奏し録音していた。

メンバーは、いつもの顔ぶれだ。ベースは武史《たけし》。ドラムスは陽一郎。そのメンバーで、インストゥルメンタルの曲を録音していた。

曲は、僕が作ったものだ。出来の良し悪しはわからない。が、サイパンで撮ったウインドサーフィンの映像に合うよう、爽やかさは意識している。

そんな録音の1曲目を再生してみた。7分26秒の演奏。

「まあまあじゃないか」と陽一郎。三人ともうなずいた。とりあえず1曲は出来た。


♪


「このギター?」と武史がつぶやいた。僕が例の写真を見せたところたった。父がスタジオでギターを肩に吊っている写真……。

「ふむ……」と武史。つぶやきながら、写真を見ている。武史は、御茶ノ水《おちゃのみず》にある楽器店で働いている。おそらく日本で最も多くのギターを扱っている大型店だ。

そんな店で仕事をしている武史なら、このギターについてわかるかもしれない。そう思って、写真を見せたのだ。武史は、しばらく写真を見ている。やがて、

「見た覚えはないなあ……」と言った。

「確かにテレキャスに似てない事もないが、明らかに違う。特にカッタウェイの形が……」と武史。「たぶん、一点物だと思う。が……かっこいいギターだな。何より品があるよ」と言った。僕はうなずいた。それは、気づいていた。シンプルなデザインだが、どこか凛《りん》とした雰囲気のあるギターだった。

「悪いな、役に立たなくて」と武史が言った。「まあ、気にするな」と僕。

僕らは、スタジオを出た。まだ午後の陽が射している。どこかの店に行くという二人と別れ、僕は車に乗った。一人で店に置いてきた涼夏の事が気になっていた。車のギアを入れ、横須賀を出る。

♪

ん……？

僕は、つぶやいた。車のブレーキを踏んでいた。うちの店まであと15メートルのとこ

ろだった。バス通りから見下ろす砂浜に、人影……。それは、あの久美だった。遅い午後の砂浜。久美と、同じ年ぐらいの男の子が二人いる。向かい合って何か口喧嘩している様子……。僕は、車を端によせた。おりて、砂浜を見下ろす。

久美と向かいあっている男の子たちは、この前、久美をいじめた子たちらしい。僕は、砂浜へと続く石段をおりはじめた。

やがて、口論をしていた男の子の一人が、久美の肩を強く押した。久美は、よろけて砂浜に尻もちをついた。

すると、久美は背負っていたディパックに手を突っ込む。30センチ以上ある棒切れをつかみ出した。それで、相手に殴りかかろうとした。

♪

僕はもう、久美のすぐ後ろまで来ていた。棒切れを振り上げた久美。その腕を、後ろからつかんだ。棒切れは、先がギザギザしている。

「やめとけよ。それで殴ったら大怪我させちゃうぜ」と言った。

久美が、ふり向いた。僕を見た。振り上げた棒切れを久美はおろした。僕は、二人の男の子に向かい合った。

「お前らか、久美にちょっかい出してるのは……」と言った。

男の子たちは、かたまっている。僕は大人だ。背が高く、やや派手なアロハ・シャツを着て濃いサングラスをかけている。小学生から見れば不良のお兄さんだろう……。

「これ以上、久美にちょっかいを出したら、お前たち、ただじゃすまない。へたすると入院することになるぜ。ガキだからといって、手加減しないからな」

僕はわざとドスをきかせて言った。男の子たちは、青ざめている。いまにもちびりそうだ。

「わかったら、さっさと家に帰って宿題でもするんだな」と言った。男の子たちは、回れ右、つまずきながら走り去って行った。


♪


「もう大丈夫だ」僕は、久美に言った。そして、彼女が持っている棒を見た。

やや太い棒に見えたのは、よく見ればギターのネックだった……。折れたネックの上半分だった。

僕は、それを手にとってみた。ネックの先端にあるヘッド。そこに刻まれた英語を見て、思わず息を呑んだ……。

11　葉山CIA

テレキャスターに似て、やや細っそりとしたギターのヘッド。消えかけているけど、なんとか読めるイタリック体の英語。

それは、〈Mahoganie《マホガニー》〉だった。

僕は、それをじっと見つめた。ネックは先端のヘッドから、ネックの真ん中辺、8フレット目ぐらいまである。が、そこで折れてなくなっている。折れてというより、何かナタのような物で叩き割った感じだった。

もちろん弦はないが、それを巻くペグはまだヘッドについている。僕はそれを手にして、「これは、どこで?」と久美に訊いた。

「うちの物置き」と彼女が言った。

♪


その5分後。久美をうちの店に連れて行った。涼夏が、久美の顔を見ると、冷蔵庫からイチゴのシャーベットを出してやった。久美の目が輝いた。

「物置きって、爺さんと暮らしてる家の？」と僕。久美は、シャーベットをスプーンですくいながら、うなずいた。

「材木の切れっ端がいっぱい入ってる物置き」と言った。

「そうか……」と僕はつぶやく。久美の爺さんは、家具作りの名人だという。だから、物置きに材木の切れっ端があるのは当然かもしれない。

「でも、こんなのはよく見るのか？」僕は、ギターのネックを手にして訊いた。久美は、シャーベットを口に入れながら、

「……どうかな……。物置きの中、あんまり見ないから……」とつぶやいた。よくわからないという事らしい。……仕方ない……。

「それ食べ終わったら、家まで送っていくよ」と久美に言った。爺さんから直接聞くしかないだろう。

♪


「そこを左」と久美が言った。うちから車で出て6、7分。

葉山御用邸の前を過ぎ、数百メートル行ったあたり。左にわき道がある。そこを左折。

車がすれ違うのがやっとという感じの細い道。かなりの登り坂になっている。200メートルほど行くと、「その右側の家」と久美が言った。

高台に一軒の家があった。アメリカン・スタイルの家だった。屋根は三角。壁はオフホワイトの板張り。二階には出窓がある。僕、涼夏、久美は車をおりる。そろそろ夕方。僕らの影が長い。

「お爺ちゃん、もうビール飲んでるよ」と久美。

「で？」

「邪魔されると、お爺ちゃん、怒るかもしれない」と久美。僕は、肩をすくめる。

「いいさ、怒らせとこう」と言った。

家のわきには、例の旧型ワーゲンがある。僕らは、玄関に歩く。

玄関のわき、洒落た木製の表札に〈KAJITANI《かじたに》〉と彫られている。僕は〈梶

〈谷〉という久美の苗字を思い出していた。

久美が玄関のドアを開けて入る。僕らも後に続く。靴のまま上がる家らしい。

玄関ホール、そしてかなり広いリビングがあり、そこに爺さんがいた。

がっしりとした木のテーブルについていた。テーブルの上の皿には、アジの刺身が盛られている。ビールのグラスとハイネケンのボトルがあった。爺さんは僕らの顔を見ると、

「なんだ、君らは」と言った。


♪


「そう威張《いば》らなくていいよ」と僕。

「それより、感謝して欲しいものだ。あんたの孫を助けてやったんだから」

と言った。久美が、爺さんのところに行く。耳元で何かささやいている。さっきの出来事を話してるらしい。やがて、爺さんがうなずいた。

「なるほど。また久美が世話になったようだな。礼を言うよ」

「礼などいいけど、こいつに見覚えは？」僕は、折れたギターのネックを差し出して見

せた。爺さんは、それを眺めている。

「それは何かな？」と言った。

「見ての通り、ギターのネックさ。あんたの孫娘が、こいつで男の子を殴ろうとしてたんだ」と僕。「ここの物置きで見つけたと言ってたけど？」と言った。

爺さんは、またしばらくギターのネックを見ている。

「……さあ、見覚えはないな……」ぼそりと言った。結局、やりとりはそれだけだった……。


♪


「あれは嘘だな……」ステアリングを握って僕は言った。車で家に帰るところだった。

助手席で涼夏が、うなずいた。

「久美ちゃんは、デタラメを言うような子じゃないと思うわ」

「ああ……。だから、あの子が家の物置きであのネックを見つけたっていうのは、本当だろう」と僕。

「それなら、お爺さんは何で知らないと……」

「それは謎だが、一つ手掛かりがある」

「それって？」と涼夏。

僕は説明する。さっき爺さんと話した家。そのリビングの隣りにキッチンがあった。そこに、発泡スチロールの、いわゆる〈トロ箱〉と呼ばれるものがあった。そのトロ箱には、〈魚竹〉と描かれていた。

「〈魚竹〉って、近所の？」と涼夏。鮮魚店の〈魚竹〉は、うちから歩いても5、6分。そこの息子の満《みつる》は、高校で僕と同級生だった。

「爺さんがビールの肴にしてたアジは、たぶん〈魚竹〉が届けたものだな」と僕。「明日にでも行ってみよう」僕は言った。家が近づいてきた。

♪

「そう言えば、以前に言ってたじゃないか。久美の爺さんの声に聞き覚えがあるって」

僕は、箸を持って涼夏に訊いた。今日は忙しかったので晩飯は出前の親子丼だ。

「さっき、あの爺さんの声をちゃんと聞いて、何か思い出さなかったか？」

と僕。涼夏は、ゆっくりと首をひねった。

「あの声、確かに聞き覚えがあるんだけど、いつどこでだったか、まだ思い出せなくて……」とつぶやいた。
「まあ、無理しなくていいよ」僕は微笑しながら言った。

♪

「あら、哲也君と涼《すず》ちゃん」と満のお母さん。出刃包丁を手にして笑顔を見せた。
翌日の昼過ぎ。僕と涼夏は、店を〈CLOSED〉にして、近所の〈魚竹〉に行った。ちょうど満のお母さんが、店先で鱸《スズキ》のウロコ取りをしていた。僕は、しめたと思った。
僕らが〈魚竹のおばさん〉と呼んでいる満のお母さんは、明るくて、とにかくおしゃべり。そして、何より情報通なのだ。町中の情報をよく知っている。僕らの仲間は、〈葉山情報局〉とか〈葉山CIA〉などと呼んでいる。

♪

「梶谷さん?」とおばさん。
「そう、御用邸の向こうの高台にある家。あそこに、魚を届けてるよね」さりげなく僕は訊いた。おばさんは、うなずいた。相変わらず、出刃包丁を動かしている。

「そう……もう30年ぐらい前からね……。頑固で、魚の鮮度にはうるさいけど、いいお得意さんよ」と言った。

「あの爺さん、家具作りの名人なんだって？」

僕は、水槽にいる活きたサザエを眺めて訊いた。

「そりゃもう、梶谷の家具って言えばこの辺じゃ有名だったわよ」とおばさん。魚のウロコ取りをしながら言った。鱸のウロコがパチパチと飛び散って、午後の陽射しに光った。

「へえ……有名な家具屋だったんだ……」

「そう、以前はね……。でも、タクミさんが引退してからは、ちょっとね……。あの家族には、いろいろあるし……」とおばさん。引退したというその〈タクミさん〉は、たぶんあの爺さんの事だろう。

それからしばらく無駄話をした。

梶谷の家具は有名だった。特にあの爺さんが作ってた頃は……。それはわかった。

〈あの家族にはいろいろある……〉それもわかった。

確かに、まだまだ謎はある。主に久美の事だ。お母さんが死んでしまったとしても、お父さんは、どこでどうしているのか……。久美は、なぜいま、爺さんと暮らしているのか……。

けれど、あまり根掘《ねほ》り葉掘《はほ》り訊くのも、まずいだろう。僕は、その辺で話を切り上げる……。おばさんから、活きたサザエを6個ほど買った。漁師である陽一郎のところは魚の漁が中心で、サザエやアワビは獲《と》らないのだ。

おばさんは、サザエをビニール袋に入れてくれながら、

「そう言えば、道雄さんの一周忌、もうそろそろじゃないの？」と言った。僕は、うなずいた。

「一周忌はやるの？」

「たぶん、やらないなあ……」と僕は言った。〈葬式はしないでくれ〉という父の遺言を思い出していた。なので、

「一周忌もたぶんなし。気持ちだけ受け取っておくよ」とおばさんに言った。

「そう……。もし何か手伝いが必要なら声をかけて」とおばさんが言った。サザエの代金は、すごくまけてくれた。

♪


5分後。僕と涼夏は、店に戻ろうとしていた。初夏のかなり強い陽射し。歩く僕らの影が、道に濃い。うちの店まで30メートルぐらいまで来たときだった。

「あ……」と涼夏。ふいにつぶやいて、足を止めた。

「どうした？」と言い、僕も足を止めた。

涼夏は、じっと立ち止まっている。アスファルトの地面を見つめ、何かを考えている……。記憶の中から、一本の細い糸をたぐり寄せるような表情……。やがて、顔を上げ、

「思い出した……」とつぶやいた。

「思い出した？」訊くと涼夏はうなずいた。

「あの久美ちゃんのお爺さんの声を、いつどこで聞いたか……思い出した」と言った。

ふいに、僕の手をつかんだ。「急いで！」と言い、店の方へ引っ張っていく。

12　柴犬は、ジョン・レノン

「落ち着いて」と僕。「まあ、飲めよ」と言った。涼夏に、冷たい麦茶の入ったコップを渡した。店に帰り、二階のリビングに上がったところだ。

涼夏は、息を切らせている。コップの麦茶を飲むと、ひどくむせた。口から、麦茶を吹き出してしまった。少し鼻からも吹き出してしまい、手で押さえている。

僕はタオルで、その顔を拭いてやる。

「で……思い出した？　あの爺さんの声をいつどこで聞いたか……」と僕。涼夏は、うなずいた。

「……1年ぐらい前、道雄おじさんが亡くなったときだった……」と言った。

♪


「親父が死んだとき？」僕は、訊き返していた。涼夏は、うなずく。

「わたし、お店で電話番をしてたでしょう？」と言った。

僕も、約1年前を思い出していた。父の死は、突然の事故によるものだった。なので、その直後はあわただしかった。父が死んだという実感はまだ湧き上がってこなかったけれど……。

僕は、逗子にある葬儀社に行き、打ち合わせをはじめていた。慣れない事なので、かなりまごついていた。

その間、涼夏は店で電話番をしていた。

父は、スタジオ・ミュージシャンの仕事もそこそこやっていたので、その関係者などが父の急死を知って連絡をしてくる。それの電話対応を、涼夏がやっていた。

「あのときの事か？」僕は、訊いた。涼夏は、うなずく。

「おじさんが亡くなった事を聞いて、電話で問い合わせをしてきた人たち……。その中に、あのお爺さんがいた。声で覚えている……」僕は、うなずいた。涼夏の人並みはずれて鋭敏な聴覚が、1年前に聞いた声を覚えていても不思議はない。

「で、どんなやりとりを？」

「細かい事は、忘れちゃった。いろんな人から電話がきたから……」と涼夏。

そんな葬式の準備をしてる最中の事だ。父の遺言状が出てきた。そこには、〈もし自分に何かあっても、辛気《しんき》臭い葬式はやらないでいい〉と父らしい一言が書かれていた。

それで、葬式は中止にした。けれど、

「あ、もしかしたら……」と涼夏。

「もしかしたら？」

「お香典の中に、何かあるかも……」と言った。葬式は中止したが、香典を送ってくれた人は、かなりいた。それをまとめていたのは、涼夏だった。

「あの香典袋は？」

「たぶん、とってある……」


♪

涼夏は言った。リビングを出た。3分ほどで戻ってきた。その手に、香典袋の束を持っている。テーブルに置いた。

僕らは、それを手分けして見はじめた。父の友人。そして、やはり音楽関係者が多い。金額は多くないけれど、それぞれ香典を送ってきてくれていた。そんな香典袋を、僕と涼夏は一つ一つ見ていく……。

やがて、僕の方は見終わった。これという発見はなかった。涼夏の方は、時間がかかる。一つ一つ、顔のすぐそばに近づけて見る必要があるからだ。

それも、そろそろ終わろうとしている……。最後の香典袋。それの裏面を見た涼夏が、「あ……」と言った。香典袋の裏面を顔に近づけじっと見ている。そして、

「哲っちゃん、これ……」と言って僕にさし出した。僕も、それを見た。立派な香典袋。金額もかなり多い。

その香典を送ってきたのは、〈梶谷匠《たくみ》〉。住所は、葉山町一色。あの高台にある家に間違いない……。

♪

黄昏の陽射し。その中に、薄い煙が上がっている。

夕方の5時過ぎ。店と倉庫の間にある狭い庭。僕らは、〈魚竹〉のおばさんから買ったサザエを七輪で焼いていた。

「やっぱりか……」僕は、焼き網の上のサザエを突《つつ》きながら、つぶやいた。

これまでの疑問が、かなりとけた。

まず、最初に横須賀で久美と出会った夜。うちの店に、あの子をひと晩泊めた。

翌朝、爺さんが旧型のワーゲンで久美を迎えにきた。うちの店に入った爺さんは、何ごともなかったように久美を連れて帰った。楽器店というかなり特殊な場所に来ても、きょろきょろとあたりを眺めたりしなかった……。

そして、決定的なのは、久美が持っていたギターのネックだ。〈Mahoganie《マホガニー》〉とヘッドに描かれたあのネック。

「あれを、家の物置きから出してきたっていう久美の話は、やはり本当だな」僕は言った。

「そうなると？」と涼夏。

「まだ、よくわからない。ただ、あのスタジオ録音で親父が弾いたギターと同じもの、その折れたネックが、あの爺さんの家にあった。その事実だけが、いまわかっている……」

「で、おじさんのお葬式にお香典を送ってくれたって事は、道雄おじさんと久美ちゃんのお爺さんは、知り合いだった……」

「もしかしたら……いや、たぶん……。だが、あの爺さんは、おれたちにそれを隠している……。なぜかわからないが……」

僕は言った。火が通ってきたサザエに醤油をたらした。その醤油が炭に落ち、じゅっと音をたてた。いい香りが、漂いはじめた。

♪

ブレーキ。僕は、車を葉山小学校のそばで停めた。

小学校は、バス通りに面している。いま、午後3時過ぎ。下校した児童たちが、バス通りの歩道を歩いている。僕は、久美の姿を探していた。あの子に訊きたい事があるので、バス通りを歩いている子供たちを見ていた。

そのときだった。一台の車が、僕の車の前に停まった。シルバー・グレーのレクサスだった。ハザードランプを点灯させて、路肩に停まっている。

3分後。レクサスから、スーツ姿の男が二人おりてきた。歩道を歩いてくる女子児童の一人に近づく。何か、話しかけている。

その女子児童は、久美だった。相変わらずTシャツ、ショートパンツ。ランドセルがわりのデイパックを背負っている。

僕は助手席の涼夏に、「待ってろ」と言う。もう、車のドアを開けていた。

スーツ姿の二人は、久美に何か話しかけている。久美は、首を横に振っている。

僕は、久美の方に近づいていく。

「よお！」と声をかけた。

久美が僕を見た。話しかけている男たちを振り切るようにして、僕の方に小走り。僕は、久美の肩を抱いた。うちの車に連れていく……。スーツ姿の二人は、じっとこっちを見ている。二人とも三十代に見えた。

久美を車に乗せると、僕はギアを入れ、アクセルを踏む。まだ停まっているレクサスのそばを走り過ぎる。

♪

「あの二人は？」僕は、後部座席にいる久美に訊いた。

「知らない人たち」と久美。

「きょう、初めて見た連中？」訊くと、「そう」と答えた。

「彼らは、何って話しかけてきた？」

「名前を確かめてきた。……。梶谷久美ちゃんかなって……。でも、知らない人とは話しちゃいけないって先生に言われてるから……」と久美。僕は、うなずいた。

「その通り」と言いながら、考えていた。あの二人は、何者だろう……。小学生の久美に何の用があって……。僕は、〈魚竹〉のおばさんが言った事を思い出していた。〈あの家族には、いろいろあって……〉の言葉を思い出していた。何か、事情かトラブル……。


♪


「この前、おれたちが家に行ったあと、爺さんはどんな様子だった？　……あの、ギターのネックを持って行ったとき……」僕は、運転しながら久美に訊いた。久美は、しばらく思い出している様子……。やがて、

「なんか……」とつぶやいた。

「なんか？」

「あの、ギターの先っぽの方を手に持って、何か考え事をしてたみたい……」

「考え事？」訊くと久美はうなずいた。「っていうか、何かを思い出してたっていうか……」とつぶやいた。爺さんの家が近づいてきた。

♪

「その節は、どうも」僕は言った。パーカーのポケットから、例の香典袋を出す。久美の爺さん、梶谷匠に見せた。

久美と一緒に家に入ると、匠は庭にいた。リードをつけた柴犬を撫《な》でていた。彼は、僕がさし出した香典袋を見た。じっと見る……。が、驚きはしない。かすかに笑顔を見せた。

「牧野……牧野道雄の息子か……」とつぶやいた。そして、

「少し散歩でもしようか」と言った。

♪

波が、スローバラードのテンポで砂浜に打ち寄せ、引いていく。午後の陽射しが、穏やかな海面に反射していた。

久美と涼夏は家に置き、僕と匠は近くの一色海岸を歩いていた。彼は、リードをつけた柴犬を連れている。

「……私の家は明治時代から続く家具屋で、昔は桐の簞笥《たんす》などを作っていた。大正になると、洋家具を作りはじめた。このあたりでは、かなり知られた工房だと思う」と匠。

「私は、そんな家具工房の跡取りだった」と言った。

僕は、皮肉を込めて、

「わかるよ。〈匠〉という、そのえらく威張《いば》った名前で……」と言った。匠は、苦笑い。

「言うじゃないか。親父に似て、口が悪いようだな」

「正直なだけさ」僕が言うと、彼はまた苦笑い。そばを柴犬が歩いている。その犬がリードを引っ張り、走り出そうとすると、

「こら、ジョン」と匠。リードを引く手に力を込める……。

「……私は、家具工房の息子といっても、ごく普通の男の子だった。そして十代……普通の男の子が出会うようなものに出会ってしまった」

と匠が言った。僕は、しばらく、彼のそばを歩いている柴犬を眺める。

「もしかして、ジョン・レノン……ビートルズか？」と言った。彼の足が、思わず止まった。

13　弾けなかったリッケンバッカー

「なぜ、ビートルズだと？」と匠が訊いた。

「まぐれ当たり……。その犬の名前がジョンだから、ついジョン・レノンを思い浮かべたのかな？」僕は言った。

が、それは、まぐれではなかった。僕は砂浜を歩きながら、この梶谷匠という男について考えていた。いま六十代の終わり頃か、ちょうど70歳ぐらい……。という事は、いわゆるビートルズ世代。中高生の頃に、人気が爆発したビートルズを聴きはじめた年代だろう。

そして、犬の名前がジョン……。当然、ビートルズに行きつく。

「君は親父に似てギターの腕利きだという噂だが、頭も悪くないようだな」と匠。

「あんたみたいな意固地《いこじ》な爺さんに褒められても、嬉しくはないけど……」僕は言った。

「……生意気なやつだ」匠は言い、苦笑い。そして、5秒後、

「……だが……生意気な若いやつというのが、それほど嫌いじゃない」その目元が、かすかにほころんだ。

「最近の若いやつらは、なぜみな若年寄りみたいに、変に物分かりがいいのかな……。つまらん」と吐き捨てるように言った。

♪

「あれは、中学三年のとき……。夏休みだった」と匠がつぶやいた。

「ビートルズがやって来た?」僕は、少しからかうような口調で言った。

「……まあ、そういう事だ。ある日、友人の家に遊びに行くと、そいつは一枚のドーナツ盤をプレーヤーにのせた。それが、〈抱きしめたい〉だった……」

僕は、うなずいた。記憶に間違いがなければ、それは日本で最初にヒットしたビートルズ・ナンバーのはずだ。「それに頭をガツンと殴られた?」僕は言った。すごい曲を聴いてうけたショックは、そんな表現がふさわしいだろう。

「まあ、そんなところかな……」と匠。微笑し、

「その4カ月後には、安物のギターを手にして練習をはじめていたよ」と言った。

「バンドを？」

「そう、ビートルズのコピー・バンドさ。仲間たちとはじめたよ……。〈She Loves《シー・ラヴズ・》 You《ユー》〉……。〈All My Loving《オール・マイ・ラヴィング》〉……」と、過ぎた日々を振り返る表情。

「ハシカみたいなもんだ」と僕。

「ハシカ？　……」

「そう、音楽をかじる人間が一度はかかる……ビートルズというハシカ」

「確かに……」と匠。「君もそのハシカに？」と僕に訊いた。

僕は、軽く苦笑しながら、

「8歳のとき、初めてギター・ソロの練習をしたのは、ジョージ・ハリスンが弾いた〈I Feel Fine《アイ・フィール・ファイン》〉のイントロだったよ」と言った。匠が、軽くうなずいた。何かが通じ合うのを感じた。僕らは、砂浜を歩き続ける……。


♪

波打ち際から、投げ釣りをしている中年男がいた。長くしなる竿を振り、仕掛けを遠投している。

「あの頃……私は20歳になっていた。いまの君に近い年齢かな……。家業の手伝いをやりながら、趣味のバンドも続けていた」と匠が口を開いた。

「その日、私は父と一緒に横須賀ベースに行ったんだよ」

「ベース？」と僕。

「そう。家具の納品にね……。その頃、うちの家具を一番多く使っていたのは、横須賀ベース、つまり米軍の将校たちだった。彼らは、経済的に恵まれていたからね」

「梶谷の家具は、一般の日本人には高価だった？」

「まあ、そうだな。うちの洋家具は質が高かったが、価格もそこそこ高かったと思う。で、米軍の将校たちが多く使っていた。その日も、完成したチェストを将校の部屋に納品した……」と匠。

「その将校には、15歳ぐらいの息子がいて、リビング・ルームでギターを弾いていた。そのギターは、リッケンバッカーだった……」と言った。

いない。

♪

投げ釣りをしている男が、ゆっくりとリールを巻いた。が、仕掛けには何もかかって

「ショック?」と僕。

「もちろん。生まれて初めて見る本物のリッケンバッカーだったからね」

匠は言った。リッケンバッカーを日本で有名にしたのは、ビートルズだった。J《ジョン》・レノンやG《ジョージ》・ハリスンがリッケンバッカーを弾いている映像や画像はいまでもよく見られる。

「あのビートルズが弾いてたリッケンバッカーの本物がそこにあったんだ……」

匠がつぶやいた。いま彼が70歳だとすると、それは約50年前……。その驚きと興奮が入り混じった感情は、わからないでもない。

「当時、私が使っていたのは国産の安いギターだった。本物のリッケンバッカー、ギブソン、フェンダーなどは、別世界のものだった」

と匠。僕は、軽くうなずいた。そういう、世界でも一流と言われるギターは、その頃

の日本にはあまり入っていなかったのかもしれない。

とは言え、リッケンバッカーはアメリカで起業し人気になったギター・ビルダー。米軍将校の息子が持っていても、不思議はない。

「父が、納品したチェストの梱包をほどいているときだった……」と匠。「リッケンバッカーを弾いてた男の子が、私に気づいた。私が、じっとギターを見ているのに気づいたらしい。私の方にギターを差し出して、〈弾いてみるかい?〉という身振りをしたんだ……」

♪

トビが1羽、視界の端をよぎって行く……。

「で?」僕は並んで海を眺めている匠に訊いた。「そのリッケンバッカーは弾いたのかな?」

匠は10秒ほど、無言……。

「〈ノドから手が出るほど〉という言葉があるが、そのときの私は、もちろんそのリッケンバッカーを触ってみたかった。その少年も別にからかうような表情ではなく、ごく無邪気に〈弾いてみる?〉という仕草をしていた。けれど……」

とつぶやき、彼は無言で水平線を見ている。

「だけど、そのリッケンバッカーは弾かなかったんだな」僕は言った。

「……なぜ、そう思う……」

「あんたのその意固地な性格さ。そのときのあんたは、15歳の子が持ってるギターを弾かせてもらうのが、悔《くや》しかったんだろうな……」

「言いづらい事を、はっきり言ってくれるじゃないか」と匠。また苦笑した。

「生まれつきの性格でね……」と僕。匠は、ふっと深呼吸。また、目元が少しほころんだ。

カモメが2羽、風の中を漂っている。遅い午後の陽射しが、その翼をイエローに染めていた。砂浜に座っている柴犬のジョンが、それを目で追っている。

「そう……。米軍将校の部屋から家に帰るとき、私の中にあったのは、一種の羨《うらや》ましさと悔しさだったな……」

「15歳のガキが本物のリッケンバッカーか……でも、相手がアメリカ人なんだから、しようがないじゃないか」と僕が言うと、匠は軽くうなずいた。

「そう、羨んでいても仕方ない。その翌週、バンドの仲間にもそう言われたよ」と彼。

「それなら、自分でギター作っちゃえよとも言われた」

「……それで、ギターを作りはじめた？」

僕は言った。彼は、しばらく無言。かがみ込み、犬のジョンを撫でている……。

「……たとえエレクトリック・ギターでも、基本的には木で作られてる。その頃すでに、私には木工、つまり木をいじる技術があった。そして、材料の木材はまわりにいくらでもあった……」と言った。


♪


「で、ギター作りは順調に？」と僕。

「……そんなわけ、ないじゃないか」と彼。「それこそ、〈ザ・ロング・アンド・ワインディング・ロード〉さ」匠が言った。

「長く曲がりくねった道か……。どの辺で曲がりくねったのかな？」

匠は、思わず苦笑い。

「それはもう、最初からずっとさ。家具作りの合間に、手に入れた安物のギターを分解するところからはじめたが、まあ想像をこえて大変だった……」と、ため息。「ギターらしいものが、出来たのは5年後だった……。が、それは弦を張っても、全く音が出なかった」

僕は思わず笑ってしまった。が、胸の中でうなずいていた。世界的なギター・ビルダーは、日本人の家庭にテレビがなかった時代からエレクトリック・ギターを作っていたのだ。

「だが……私は諦めなかった。失敗が、逆に闘志をかきたてる事になったんだ」

「コケの一念……」と僕。匠は、声を上げて笑った。

「何とでも言えばいいさ。その頃になると、私は、ギターを弾く事よりギターを作る事に熱中していた。家具作りの腕はどんどん上がっていたが、その合間には、上手くいかないギター作りを続けたよ」と彼。

陽射しが、だいぶ傾いてきた。海が、レモン色に染まってきていた。

「なんとかそれらしい音が出るようなギターを作れるようになったのは、もう三十代の終わり頃だった」と彼。「それでも作り続け、人に見せられるようなギターが完成したのは、四十代の終わり頃だった」と言った。

僕は、計算する。彼がいま70歳だとすると、それは20年以上前。21年とか、22年前……。21歳の僕が生まれた頃だ。

「私は、完成したそのギターを、あるギタリストのところへ持っていった」と彼。

「……それは、牧野道雄。君の親父だ」と言った。

14　君はロックを聴かない

投げ釣りをしていた男は、諦めたらしい。釣り道具を持って引き上げていく……。砂浜に、その影が長い。犬のジョンが、リードを引っぱり、歩こうとした。
「餌の時間か……」と匠。「そろそろ帰ろう。話の続きは家で……」と言った。

♪

その曲にまず気づいたのは、犬のジョンだった。家の庭に入ったところで足を止めた。僕と匠も、一瞬足を止め、やがて庭に入っていく。
家から、音楽が流れていた。僕と匠は、庭に立ち家を眺めた。〈Hey Jude《ヘイ・ジュード》〉がゆったりと流れていた……。

家の一階。リビングの隣りにある部屋。窓ガラスの向こうに、久美と涼夏の姿が見えた。

久美が、アップライトのピアノを弾きながら、〈Hey Jude《ヘイ・ジュード》〉を歌っている。そばに立っている涼夏も、合わせて歌っている。曲のラストのリフレインを一緒に歌っている。

〈ダ……ダ……ダ……ヘイ・ジュード〉と笑い合いながら……。

匠は、そんな光景を、じっと見つめている……。やがて、

「あの子が、あんな笑顔を見せるのは4年ぶりだ……」とつぶやいた。その声がかすかに震えているように感じられたのは、気のせいだろうか……。窓ガラスの向こうをじっと眺め、

「……久美から聞いたかもしれないが、あの子の母親は4年前に死んでしまった」

「あの子の母さんで、あんたの娘？」と僕。

「ああ、そうだ。……洋子《ようこ》といった」

「病気で？」訊くとうなずいた。

「発見の遅れた乳癌だった……」静かな声で匠は言った。「それ以来、久美が心《しん》から笑っている姿は見なくなった……」

「いい親子関係だったらしいな」と僕。彼は、うなずいた。

「洋子と久美は、いい親子だった。そして、私と洋子の関係も良かったよ」

「……もしかして、久美のクミは、タクミからとった名前？」僕は訊いた。彼は、うなずいた。

「ああ……。洋子が、生まれた娘にクミと名づけたんだ……。私の名前タクミからとってね」


♪


犬のジョンが餌を食べはじめた。僕は、しばらく無言でいた。やがて、

「そんな娘が弾いていたピアノだから、それを孫の久美が弾いていると、昔を思い出して辛くなるのかな？」と僕。匠は、かすかにうなずいた。

「娘の洋子は、ピアノが上手かった。ポピュラーもジャズも楽しそうに弾いてた。よく娘の久美にも教えてたな……」と匠。過ぎた日のページをめくる表情で言った。過ぎ去って、もう戻らない日々……。庭をわたる風が涼しくなってきていた。

「ねえ、涼夏、晩ご飯食べていくんだよね」と久美が言った。それは、妹が仲のいい姉に言うような口調だった。涼夏が、僕と匠を見た。〈どうしよう〉という顔……。匠は、目を細め久美と涼夏を見ている……。やがて、

「そうすればいいよ」とうなずいた。僕を見て、「君との話もまだ途中だし……」とつぶやく。そう……大事な話がまだ残っている……。

♪

JBLのスピーカーから、鋭いジャズ・ギターのフレーズが流れていた。L《ラリー》・カールトンらしい。窓から入る夕方の陽射しが、ハイネケンのボトルに当たっている。グリーンのボトルが陽射しに透けていた。

「飲むだろう?」と匠。ハイネケンを手にして言った。

「ああ……」答えると、彼はうなずいた。

「酒を飲まない男は信用出来ない」と言った。グラスにハイネケンを注ぎはじめた。

家の二階にある匠の部屋だ。下のリビングでは、久美と涼夏が晩ご飯を食べている。

聞けば、一日置きに通いのお手伝いさんが来て、作った食事を冷蔵庫に入れてくれるらしい。そんな階下のリビングからは、涼夏たちの笑い声がかすかに聞こえてくる……。

「……不思議だな……」と匠。「母の洋子が死んで以来、久美があぁして心を開いている様子を初めて見るよ」と言った。ハイネケンのグラスに口をつけた。

「……もしかしたら、似たような境遇だから……」と僕。

「似たような？」

匠がつぶやいた。僕は簡単に話す。従妹の涼夏。その家族が、彼女を置いてニューヨークに移ってしまった、その事を……。

「だから、あの子にもいま母親はいないんだ」と言い、ハイネケンに口をつけた。

「そういう事情だったのか……。あの子が小さかった頃に一度だけ見かけた事があるが、その事は知らなかった……」匠が、つぶやいた。

涼夏が小さかった頃に見かけた……。いつだろう……。

♪

僕は、ハイネケンをぐいと飲んだ。

「それで……うちの親父に作ったギターを見せた？」

「ああ……。葉山には、ほかに楽器店がなかった。君の父親の道雄が、スタジオ・ミュージシャンとして仕事をやっているのは、以前バンドをやっていた仲間から聞いていた」と匠。二杯目のハイネケンに口をつけた。

「私は、少し緊張して、君の楽器店にギターを持っていった。そして、道雄にそれを見せたよ」僕は、思い浮かべた。僕が生まれた頃だとすると、父は30歳ぐらい。その頃の匠より20歳ほど若かったはずだ。

「……で？」

「私がギターを見せると、彼はそれをアンプにつないで、1フレーズ弾いた。そして……」

「そして？」

「……ただぼそっと一言、〈ひどい〉と言った」苦虫を山ほど噛みつぶしたような表情だった。

僕は、つい笑ってしまった。父らしいエピソードだ……。正直でもあり、不器用でもあり、ストレートにしかものを言えない性格……。

「私は、唖然《あぜん》としたよ。30年近くかけて作ったギターに対して、ただ〈ひどい〉とは……。なんて口の悪いやつだと憤慨した」

「じゃ、ほとんど喧嘩別れ？」

「もちろんさ。私は、道雄の手からギターを引ったくって店を後にしたよ。一応プロとしてスタジオ・ミュージシャンをやってるからと言って、なんてやつだと思った。だが……」

「だが？」

「それから数年……。ギターを作る私の腕がかなり上がってきた。以前、道雄に弾かせたギターから音を出してみると、確かに駄目だった。ギブソンまがいにも、フェンダーまがいにもなっていない。彼が〈ひどい〉と言ったのもうなずける出来だったよ」と匠は言った。

♪


スピーカーから流れる曲が、J《ジョー》・パスに変わった。

「ジャズが好きなのかな？」

「ああ……。ビートルズ以降のロックはほとんど聴いてないな」匠は言った。

僕は、相変わらずの意固地さにちょっと苦笑い。〈君はロックを聴かない〉というJポップのヒット曲を思い浮かべていた。

確かに……。本当の意味でロックと呼べる曲は、あの1970年代あたりがピークでその後はどうだろう……。僕は、そんな事をふと考えていた。

「……君の親父にけなされても、私の熱は醒めなかった。相変わらずギターを作り続けていた。そんなある日の事だ。君の親父が、ふらっと私のところにやって来たのさ」

「ここに？」

「ああ……。道雄が家の裏にあるギター工房にやって来たんだ。物好きなギター作りの現場を見物しにきた、そんな感じかな……」と匠。「最初は、ただギター作りを眺めていたが、ある頃からは、新しく出来たギターを弾いて軽く感想を言うようになった」

僕は、うなずいた。その頃、たぶん父は暇だったのだ。その不器用な性格がネックになって、スタジオ・ミュージシャンの仕事はかなり減っていた。そして、店は細々とやっているだけ。開店休業に近いとも言えた。

たぶん、暇つぶしに匠の工房に遊びに行ってたのだろう。

「そんなある日……私のギター作りに、転機が訪れた」と匠が言った。

15　人生は、ドーナッツ盤の裏表

「転機……。それは、マホガニー？」と僕。

匠が、うなずいた。テーブルにあるグラスは、ビールからＪ《ジャック》・ダニエルに変わっていた。そのソーダ割りに口をつけ、

「それまでの私は、フェンダーやギブソンを手本にしてギターを作っていた。だから、メイプルやアッシュ材を主に使っていた」と言った。

「……だが、それらの素材でいくら上手に作ったとしても、ギブソンやフェンダーを超えるのは難しい……。自分のオリジナリティーを出さなければと気づいたんだ」

僕は、うなずく。Ｊ・ダニエルをひと口……。

「マホガニーは高級な素材だが、うちの家具にはよく使われていた。私も、扱うのが得

意だった」と彼。

「で、マホガニー100%のギターを作ろうと?」

「ああ……。その事を君の親父に言うと、珍しく表情が変わったよ。やはりと思った」

「で、作りはじめた?」と僕。彼は、うなずいた。

「うちには、マホガニー材のストックがかなりあった。ワシントン条約で輸入規制されるという噂が流れていたんで、相当な量のマホガニー材を倉庫にストックしてあった。それを使って、作りはじめたよ」と匠。自分と僕のグラスにウイスキーを注いだ。

「マホガニーの楽器が持つ音色の柔らかさを、さらに膨らませるために、基本的にはテレキャスターのようなデザインでありながら、ボディーの中は空洞に近くした」

「セミホロー・ボディー?」

「というより、ほとんどホロー・ボディーだな。扱うのが得意なマホガニー材だから出来たんだろう」

「……で、それは完成した?」

僕は訊いた。話は、ゴールに近づいたようだ……。

♪

「2年がかりで1台が完成というペースだったが、1台ごとに完成度が上がっていった……」と匠。「……これはという1台が完成したのは、マホガニー100％で作りはじめた4台目だった」

「という事は、8年がかり？」

「ああ……約8年がかりという事になるな……。私は、63歳になっていた」

「で……そのギターを父に？」訊くと、うなずいた。

「あれは、よく覚えてるよ。クリスマス前の寒い日だった……親父さんは、工房に来てそのギターを手にした」

「で……」

「アンプにつなぎ弾きはじめたとたん、彼は無口になった……。話しかけても返事をせず、黙々と弾き続けてた。寒い工房で、3時間以上弾いてたかな……」僕は、うなずいた。ギター馬鹿だった父らしい……。

「で、父はそのギターを使う事に？」

「ああ……。半月後から、スタジオ・ミュージシャンの仕事が入ってるんで、これを使わせて欲しいと言った。それで、ギターは彼に渡した」

「〈Mahoganie〉とヘッドに刻印して？」と僕。匠は、うなずいた。

確かに……。父が山崎ゆいの仕事に入ったのは、その頃。いまから7年前で、僕は、あの山崎ゆいと同じ14歳だった。

同時に考えていた。その頃、父はすでに山崎ゆいが歌う楽曲の譜面《スコアー》を受け取っていたのだろう。そして、あのバラード〈幻のアンダルシア〉で、そのギターを使おうと思っていた……。

「だが……。それは、1カ月後に起きた」と匠は言った。


♪


「あれは、確か金曜だった。その頃5歳だった久美がテレビを観ていて、私も何となく画面を眺めていた……」と匠。

「テレビでは、あるアイドルタレントが初めてCDを出すとかで、その録音シーンが映っていた」

「……もしかして、山崎ゆいというタレント……」

「……ああ、そんな名前だった……。その録音シーンに、君の親父も映っていて……。なんと、私が作ったあのギターを弾いていた……」僕は、うなずいた。

「私は驚いて、そばにいた久美や洋子に訊いた。すると、そのタレントはまだ14歳だという」と彼。J・ダニエルをひと口……。

「私は、逆上した。あれほどの年数と汗を流して完成させたギターを、14歳のアイドルタレントの録音に使うなんて……」彼は、そのときを思い出すような表情を浮かべた。

「で？」

「急いで楽器店に行き、たまたま店にいた君の親父から、問答無用でギターをひったくった」

「問答無用か……」僕は苦笑い。

「道雄は何か言おうとしたが、そのときの私は、聞く耳など持たなかった。いま思えば、激しい怒りだけで行動してたんだな」と彼。口調が、そのときを思い出して興奮しているようだ。

「で、ギターは？」

「持ち帰り、処分した」

「処分……」

「ああ、バラバラに壊したよ。斧《おの》で……」

「斧か……」僕は、つぶやいた。意固地で直情型の爺さんらしい……。斧でギターを粉《ふん》砕《さい》しているその姿を思い浮かべていた。

「その破片が、これさ」と匠。立ち上がり、部屋の隅から、何かを持ってきた。

それは、あの久美が持っていたやつ。8フレット目までしかないネックの半分だった。

彼は、それを僕に渡した。確かに斧でぶった切ったらしい感じ……。

ネックの曲がりを修正するため、中に埋め込まれた金属のトラスロッドまで、ぶち切られている。僕は、それをじっと見ていた……。すると、

「だが、私が伝えたいのはその後……半年以上たったときの事だった」と匠が口を開いた。


♪

「あれは、真夏……8月の中頃だった」と匠。「その夕方、久美が冷やし中華を食べた

いというので、私と久美は御用邸の近くにある店に行ったよ」

僕は、うなずいた。その店は、地元の人間がよく行くラーメン屋だった。

「私と久美は、カウンター席で冷やし中華を食べはじめた。そこへ、三人連れの客が入ってきた」と彼。グラスを口に運ぶ僕の手が、止まった……。

「その三人とは、君たちだった。親父の道雄、そして中学生らしい男の子、つまり君だ。さらに小学生らしい女の子……」それは、涼夏だ。夏休みをうちで過ごしていたのだ。

「そのときは、女の子も道雄の娘だと思ったよ。彼は、家庭の事をほとんど話さなかったからね」と匠。僕は、うなずいた。

「道雄は、私に背を向けてテーブル席についた。私には気づかない様子だった。そして、ラーメンが運ばれてきた……」と匠。そこで、言葉を切った。そのときの情景を思い出すような表情……。

「……君と女の子には、チャーシュー麺が運ばれてきたが、道雄の前に置かれたのはただのラーメンだった……」と彼。その手にあるグラスの中で、氷がかすかな音をたてた……。

「君らは、それを食べはじめた。それを見ていた私の胸に、ある感情が湧き上がってきた……。道雄は、子供たちにチャーシュー麵を食べさせて自分はラーメンを……。たぶん金を節約するために……」

僕は、胸の中で、またうなずいた。

その頃、うちの経済状態が相当に良くないのは、中学生なりにわかっていた。

「……それを見て、同情したとか？」僕は訊いた。匠は、しばらく無言……。

「同情ではないな。道雄の姿を斜め後ろから見ていて感じたのは、ミュージシャンという仕事の光と影、その影の部分だった……」

一つ一つ、言葉を選ぶように彼は話していた。

「……プロのスタジオ・ミュージシャンと言えば、一見格好いい。が……たとえば仕事がない日もあるのか、金に困るときもあるのか……などと初めて考えたよ」と彼。

「……ああ……。口下手《くちべた》で世渡りも下手だったから、あの頃、スタジオ・ミュージシャンの仕事は、あまりこなかったみたいで……」

「それで、あのアイドルタレントの録音を引き受けたのか？」

「……もちろん。基本、食うためにやった仕事だったと思う」

「そうか……。やはり食うために、か……」と匠。「あの頃の私は、そんな事を考えもしなかった。が……あのラーメン屋での姿を見て以来、自分の考えが少し混乱しはじめたのを感じるんだ」

「混乱……」

「そうだ。あのギターをアイドルの録音で使われたのには、いまも憤《いきどお》りを感じている……。けれど、ときには食うためにやらなきゃならない仕事も世の中にはあるのか……その事が頭から離れなくてね……」

「もしかして、あんたは、金に困った事がない？」僕は訊いた。彼は、うなずいた。

「私が後を継いでからも、梶谷家具の経営はうまくいってたからね……。食うに困るとかはもちろん、食うためにとか、そういう事は、これまでの人生で考えた事がなかったな……」

♪

窓から入る黄昏の淡い明るさが、グラスのふちに光っていた。

「好きな事をして生きていくのは、空きっ腹をかかえるのとワンセット。ドーナッツ盤の裏表みたいなものじゃないかな」と僕。「だから、親父に同情する必要はないと思う」

と言った。

「それはわかるが、道雄とは、あんな別れ方をするべきじゃなかった。少なくとも、彼の話を聞いてみるべきだった……。その思いが頭から離れなかったよ。あのラーメン屋で見かけて以来の6、7年ずっと……」

「でも、会わなかった」と僕。

「ああ……」

「意固地さから？　それとも、プライドが許さなかった？」匠は、苦笑いした。

「まあ、どっちとも言えるかな……。そうしているうちに月日は過ぎて、君の親父は去年ふいに死んでしまった」と言った。僕は、思い出していた。

「それで香典を送ったのか……」とつぶやいた。

「私にはもう、それしか出来る事がなかった……」彼は、静かにつぶやいた。ウイスキーのグラスに口をつけた。グラスの中で、氷がチリンと鳴った。J・パスが演奏する〈Stella By Starlight《ステラ・バイ・スターライト》〉が低く流れていた。

♪

「あっ、江の島！」助手席の涼夏が、無邪気な声を上げた。

午後3時。僕がステアリングを握る車は、国道134号を西に走っていた。窓の外に江の島が見えている。海が初夏の陽射しを反射している。

涼夏とこのあたりをドライブするのは、すごく久しぶりだ。彼女が、サザンの曲を口ずさみはじめた。そして僕は、ある目的を胸に、茅ヶ崎に向かっていた……。

16　その日、キャロル・キングを歌った

小野寺が顔を上げ、僕と、隣りにいる涼夏を見た。茅ケ崎の海岸から300メートル。〈小野寺青果店〉。店先には、潮の香りがする微風が吹いていた。

「この前は、どうも」と僕。

「あ、いや……」と小野寺が言った。僕は、微笑する。

「この前のキャベツが新鮮だったんで、また来たよ」と言った。小野寺は、少し驚いたような表情……。それはそうだ。「キャベツを買いにわざわざ葉山から……」とつぶやいた。

「まあ、キャベツともう一つ、欲しいものがあって……」僕は言った。

「欲しいもの？」

「そう。知りたい情報があって……」と僕。

「情報？」

「そう。あの、アイドルだった山崎ゆいの事なんだけど……。その後の彼女がどうしてるか、それを知らないかと思って」僕は言った。

そのとき、サーファーらしい陽灼けした女の子が店頭に来た。何かを選びはじめた……。小野寺は、「ちょっとごめん」と言う。その客の相手をしはじめた。

サーファーらしい女の子は、ブロッコリーを選んでいる。その相手をしている小野寺を、僕は眺めていた。

匠と長話をしてから、3日……。〈あのギターを、もう一度作れないか〉……その話を切り出すのは、急すぎる気がしていた。

同時に、もう一つ気になる事があった。それは、アイドルだった山崎ゆいの事だった……。


♪

そこまで思い出したとき、サーファー・ガールが、ブロッコリーを買って勘定をすませた。

「どうも！」と小野寺は客を見送る。そして、僕の方にふり向いた。

「山崎ゆいの事？」と訊いた。

「ああ、彼女がいまどうしているのか、それが気になってね……」と僕。

「……なぜ、あの子の事が気に？」と小野寺。僕は、しばらく無言……。

「彼女、本心ではアイドルシンガーとしてやっていくのが嫌だったんじゃないかと思って……」と言った。

「……どうしてそう思う？」

「あのデビューCDを聴き返してるうちに、ちょっと……」

僕は言った。実際に、聴き返してるうちに、心の中で勘《かん》がそう囁《ささや》いたのだ。

「あの中のほとんどの曲が、何となく乗り気じゃないっていうか、ただ仕事として歌ってるように聞こえるんだ」と僕。「そんな彼女がいまどうしているのか、気になって……」と言った。

「……しかし、なぜおれに、それを訊くのかな？」

「なんとなく……。あのレコーディング中のスナップ写真をよく見てたら、彼女と仲良さそうに見えたから、まるで親子みたいに……。それで、もしかしたら彼女がいまどうしてるか、知ってるかもしれないと……」

僕は言った。小野寺は、並んでいるキュウリを眺めている……。

「そんな事を聞きにわざわざ来たのなら、無駄足だったな」と言った。そのとき、店先を眺めていた涼夏が、ふと並んでいるトマトを手にとった。それをさりげなく見た僕は、

「ベースを弾くほどに、とぼけるのは上手くないのかな……」と言った。

♪

それは、涼夏としめし合わせていた事だった。

もし小野寺がとぼけているようなら、涼夏は赤い野菜を手にとる。彼が本当の事を言っているようなら、グリーンの野菜を手にする。そう、しめし合わせていた。

人並みはずれて鋭敏な涼夏の聴覚はこういうときにも頼りになるから……。

いま彼女が赤いトマトを手にした……。どうやら、小野寺はとぼけている……。

「……おれが、山崎ゆいのその後を知ってると？」と彼は言った。僕は、うなずく。

「カマをかけたようで悪かったけど、ある人からそんな話を聞いたもんで……」

と、とりあえず言ってみた。

小野寺は、無言でいる……。という事は、ビンゴ！　涼夏の聴覚は正確だったらしい。

小野寺は、1分ほど宙を眺めて黙っていた。やがて、ため息をひとつ……。そして、軽く苦笑……。

「……まあ、知らない事もないけど……」と口を開いた。そして、「別に、隠すような事じゃないし……」相変わらず苦笑まじりで言った。

♪

その15分後。小野寺は、店を母親らしい人にあずけ、僕らと近くのカフェにいた。

「山崎ゆいは、子供の頃からきちんとした音楽教育を受けてきたんだ」と彼が話しはじめた。

「子供の頃から……」

「ああ、サラリーマン家庭に育ったんだけど、両親が音楽好きだったらしくてね……。4歳からピアノを習ってた、そう言ってたな……」

小野寺は、そんなやりとりを思い出す表情。BUD《バドワイザー》をひと口……。

「あのレコーディングの休憩時間の事だった。たまたま、彼女とおれだけがスタジオにいた。すると彼女がピアノの前に座り、さらりと弾き語りをはじめたんだ」

「へえ……どんな曲を？」

「キャロル・キングの〈イッツ・トゥー・レイト〉だったよ」

「当時14歳の子が、キャロル・キングか……」

「おれもかなり驚いた。何より、それがかなり上手かったから……。その後には、ジャズ系のノラ・ジョーンズもやったよ」

「本格的だな……」と僕。「でも、そんな子がアイドルに？」と言った。

「山崎ゆいは、あの通り誰が見ても可愛いルックスをしてる。スカウトされ、テレビCFで人気者になった。そんな子には、自然にアイドルシンガーというポジションが用意されるさ」

と小野寺。僕はうなずき、ジンジャーエールに口をつけた。

「その年で大人っぽく弾き語りをするには無理があるか……」と言った。

「……それだと、まずCDが出ないよ」と小野寺。

「それもそうだな……。じゃ、やはりアイドルシンガーは嫌々やってたのか……」

僕は、つぶやいた。すると、小野寺は首を横に振った。

「それが、違うんだ」


♪


「山崎ゆいは、ルックスがいいだけじゃなくて、頭が良くてしっかりした子だった」と小野寺。「だから、彼女にとって、アイドルシンガーをやっていた4年間は夢に向かう一つの通過点だったんだ」

「通過点……」

「そう……。彼女は、ピアノの弾き語りをベースに音楽活動をするという将来の夢を持っていたんだ。たとえば、ノラ・ジョーンズやアリシア・キーズみたいに」

「アリシア・キーズか……。でかい夢だな」と僕。N《ノラ》・ジョーンズもA《アリシア》・キーズも、アメリカ音楽界のスーパースターだ。

「ああ……。そんな夢を実現するために、彼女は留学したんだ」

「留学？」

「そう……。18歳で高校を卒業すると、いわゆる芸能界も卒業。アイドルとして仕事をしている間に貯めた資金で、アメリカのジュリアード音楽院に留学したよ」

「ジュリアード……」と僕の隣りで涼夏がつぶやいた。ジュリアード音楽院は、ニューヨークにある。

「3年間、ジュリアードに留学してた彼女は、帰国して音楽活動をはじめた」

「音楽活動……どんな……」

「とりあえず、3カ月前から、麻布にあるピアノバーで毎週土曜に弾き語りをしてるよ。もう山崎ゆいじゃなく、本名の山崎唯でね」と小野寺。〈唯一の唯〉と名前の漢字を説明した。

「へえ……。それで、行ってみたのかな？」訊くと小野寺はうなずいた。「メールでその案内がきたんで、先月行ってみたよ」

「で？」

「……良かった……」

♪

2フィートぐらいの波がきた。一人のサーファーが、波をとらえてテイクオフした。

が、3秒でワイプアウトし海に落ちた。水飛沫《しぶき》が陽射しに光り、ボードが宙に舞う……。

カフェを出た僕らは、茅ヶ崎の海岸にいた。砂浜に佇み、遅い午後の海を眺めていた。

「さっきの事だけど……」僕は口を開いた。「山崎唯のその後を訊いたら、最初はとぼけてたよね。あれは、どうして……」

と小野寺にたずねた。彼は、しばらく黙っている。また次の波がきた。サーファーがそれに乗ろうとしたが、乗りそこねた。

「……その話は、あまりしたくなかったんだ……」小野寺がぽつりと言った。僕は、彼の横顔を見た。

「あの子、山崎唯は、月並みな言い方だが、アイドルだった期間も含めて、自分の夢に向かって一生懸命に頑張ってる……。それを見てると心が痛いんだ……」

「痛い？　どうして……」

「おれはいま、音楽の世界から離れてしまってる……。なんだかんだと言い訳をしながら逃げてるとも言える。そんないまの自分から見て、彼女の存在がまぶしくて、まぶし過ぎて、気持ちがひりひりしてくるんだ。正直言って……」

小野寺は、つぶやいた。その横顔にホロ苦さが漂っていた。

僕は何か言おうとした。けれど、うまい言葉が見つからなかった。芽生える夢。追いかける夢。見失ってしまう夢……。そんな言葉を胸の中でつぶやいて、海と空を眺めていた。

カモメが4、5羽、ゆっくりと頭上をよぎっていった。頬に触れていく南西風がひんやりとしてきていた。

♪

「プロの弾き語りを聴くなんて、久しぶりだな」と後ろのシートで梶谷匠が言った。

3日後の土曜日。午後7時半。僕がステアリングを握る車は、首都高速をおりた。麻布に近づいていく……。

目指しているのは、山崎唯が弾き語りをしているピアノバーだ。8時半からステージがはじまると、小野寺から聞いていた。

山崎唯の件は、匠には言っていないが、彼を葉山から引っ張り出すためには、久美に協力してもらった。匠が作ったマホガニーのギターのいきさつを全部説明して……。

その久美が、〈ぜひ聴きたいシンガーがいるから、お爺ちゃんも一緒に……〉と言って彼を引っ張り出したのだ。

やがて、車は麻布に近づいてきた。


♪


思っていたより、カジュアルな店だった。ニューヨークあたりにあるロフトのイメージだった。入り口を入る。すでに、席の半分以上はうまっていた。想像してたより、客層は若いようだ。

店のスタッフらしい男が、僕らの方にやってきた。少し不思議そうな顔をしている。12歳の久美。15歳の涼夏。21歳の僕、そして白髪頭の匠。この店にはあまり似合わない客と言えるかもしれない。

「あの……」とスタッフ。少し困惑した表情で僕らを見た。そのときだった。

「……牧野……哲也さん？」

という声がした。姿勢のいい若い女が立っていた。七分袖の青いTシャツ。長い脚に細身のジーンズをはいている。2秒でわかった。彼女だ。

「……ゆい……」僕がつぶやくと彼女はうなずいた。

「小野寺さんからメールがきてたわ。あなたが今夜来るって……」と言った。

男のスタッフが、〈あ、唯さんのお知り合いですか〉という表情をして僕らを見ている。

「よくわかったな……録音スタジオで会ったの、もう7年前だけど」と僕は言った。

「よく覚えてるわよ。レコーディングの最終日に来てくれたわよね。あなたはGAP《ギャップ》の白いパーカーを着てたっけ……」

と唯が言った。そして、

「お互い、背は伸びたけどあまり変わってないわね……」と彼女。僕に微笑《ほほえ》んだ。そんな僕と唯を、涼夏がじっと見ている……。

17　あの夢を、もう一度

「唯さん……」とスタッフが声をかけた。そろそろライヴがはじまる時間らしい。
「じゃ、聴いてね」と唯。僕らに微笑した。僕は、うなずく。スタッフが僕らを席に案内してくれた。ステージサイドのいい席だった。

♪

スタインウェイのピアノに、柔らかいスポットライトが落ちた。
歩いてきた唯が、軽くおじぎをした。客席から拍手。彼女はピアノを前にして掛けた。
スタンドにセットされたマイクの角度を調節している……。
かなり意外だった。麻布のピアノバーというので、唯は洒落たドレスでも着て……。

何となく、そんな古くさい連想をしていた。

けれど、彼女はさっきのまま。青いTシャツにスリム・ジーンズというスタイルだった。

その指が、さらりとピアノの鍵盤に触れた。小川が流れるような、ゆったりとしたイントロ……。8小節……。

僕は、ほう……と思った。どの楽器でもそうだが、一流プレーヤーの指は、一見あまり速く動いているように見えない。が、音は豊かな膨らみを持って流れる……。

唯が弾いているピアノのイントロも、まさにそうだった。そして、彼女は歌いはじめた。

〈If I Ain't Got You《イフ・アイ・アイン・ゴット・ユー》〉……。

A《アリシア》・キーズのビッグヒット。メッセージ性の強いラヴ・ソングだけれど、21歳の唯が歌うには、かなり難しそうな曲だ。

けれど、彼女は何の気負いもなく歌いはじめた。その声は、21歳なりの若さがありながら、同時にしっとりと落ち着いていた。

その理由は、すぐにわかった。この曲に込められている深いメッセージや人生観を、唯はどうやら完全に理解して歌っているようだ。小手先のテクニックで歌うのではなく……。

彼女は、ニューヨークにいた3年間で、そんな力まで身につけたようだ。ミニスカートで歌っていたアイドルシンガーの面影は、もうどこにもなかった。

♪

やがて、盛り上がった曲が静かに終わる。ささやくようなピアノのエンディング……。最後のGの音が、遠ざかっていった……。

客たちから、温かく厚い拍手……。僕の隣りにいる涼夏も久美も、ステージを見たまま無邪気に拍手をしている。

もう、客席は完全にうまっていた。二十代から三十代の客が多い。明らかに見覚えのある音楽業界の人間もいた。彼女は笑顔を見せ、

「ありがとうございます。山崎唯です」とマイクを通して挨拶。また、ピアノに向かう……。

女性シンガーソングライターの曲、かなりアレンジしたビートルズ・ナンバー、そし

てR&Bと、自由自在な選曲で歌っていく……。

一曲やるたびに、拍手が厚くなっていく。客たちが引き込まれているのが、わかった。

匠も、バーボンのグラスを手に聴きいっている……。7曲ほど歌い、

「では、このステージ最後の曲をお送りします」

と唯。鍵盤に指を落とす。その静かでシンプルなイントロを聴いてすぐわかった。

あのB《ベット》・ミドラーの〈The Rose《ザ・ローズ》〉。

彼女は、鍵盤を見ず、背筋を伸ばして歌いはじめた。伸びのある声が、店に響く……。

ふと気づけば、匠が目を閉じている……。腕組みをし、目を閉じて聴いている……。

♪

雨が大地にしみ込んでいくように、ヴォーカルとピアノの残響が消えていった。

店内に分厚い拍手が響く。唯はピアノのわきに立ち、軽く頭を下げた。低いステージから楽屋らしい方へ姿を消した。そのとき、匠が席を立った。「ちょっと外の空気を……」と言い、店の出入り口に歩いていく……。

♪

5分後。僕も気になって席を立った。店を出る。地下からの階段を上がり、歩道に出た。

前は、片側2車線の道路。ときおり車が走り過ぎる。匠は、そんな道路に向かってぼんやりと佇んでいた。僕は、その隣りに立つ。彼の肩がかすかに震えているように見えた。

「どうしたのかな?」と訊いた。しばらくして、

「まいったな」と匠。ホロ苦く笑った。「……あの〈ザ・ローズ〉は、死んだ洋子がよく弾き語りをしてた曲でね。それが胸に迫って、柄にもなく、感傷的になってしまって……」とつぶやいた。

僕は、うなずいた。匠の表情から、いつもの意固地さが消えているように見えた。

麻布らしく、前の道路を白いアウディ・クーペがゆっくりと走り過ぎた。

「で……あの山崎唯っていうシンガー……もしかして……」と匠が口を開いた。

「もしかしなくても……」と僕。匠が、うなずいた。

「……さっきの君とのやりとりで、そうかなと思ったが、やはり……」

「そう、7年前はアイドルシンガーをやっていた。そのCDのレコーディングで、うちの親父があのマホガニーのギターを弾いたんだ」と僕。匠は黙って聞いている……。

「それを知ったあんたが逆上してあのギターをぶっ壊した……。それはわからないでもないけど……」と僕。山崎唯についてさらりと話しはじめた。

アイドルは通過点で、その後、アメリカのジュリアード音楽院に留学し、「そしていまはあの通り」と言った。


♪


歩道を白人男と日本人女性のカップルが、腕を絡ませて歩いていく。

「……14歳のアイドルと聞いただけで怒りまくった私は、少し早とちりをしたのかな……」と匠。僕は少し考えていた……。そして、

「あのビートルズだって、最初はアイドル扱いされていた。確かにその頃の彼らは、髪型やファッションも含めて一種のアイドルと言えたかもしれない。でも、それからのビートルズはどんどん音楽的な高みに到達していった……」と僕。「だから、アイドル的

なものはすべて低俗と決めつけるのは、どうかな？」と言った。

匠が無言で聞いている。

「もちろん、ずっと学芸会レベルのままでいるアイドルも多いけど、そこを出発点にして成長していくミュージシャンもいる。その一例が彼女、山崎唯だと思う」

3分ほど、匠は考えていた。

「……そうなのかもしれないな。アイドルシンガーと聞いただけで逆上してしまった私は、視野と了見が狭かったのかな……」

「……そして、超がつくほど短気、導火線が短い」と僕。匠は苦笑い……。「認めるよ」と言った。

「そして、返すがえすも、君の親父とあんな別れ方をするべきじゃなかったと、いまは思う……。あのギターも、逆上してぶっ壊すべきじゃなかったのかな……。だが、それもこれも、もう戻らない……。いまの私に出来る事は何もない」

と匠。僕は、1分ほど黙っていた。

「その気持ちはわかるけど、まだ出来る事だってあるかもしれない……」と言った。

「まだ出来る事？　……」匠がつぶやいた。

♪


「……あの子が、シンガーに？」と匠が訊いた。

「まだ何も決まったわけじゃない。レコード会社のプロデューサーから声がかかったというだけで……」僕は言った。涼夏の歌声をプロデューサーが聞いた、その事をかいつまんで話した。匠は、うなずきながら聞いていた。

「いつか久美と一緒に歌ってるところをちょっと聞いたが、確かに並外れた透明感がある美しい声だったな」と言った。そして、

「久美から聞いた話だと、彼女は視力が弱いとか……」

僕は、うなずいた。涼夏の弱視が進んでいる事を、湿っぽくならないように話した。

「それは可哀想に……」と匠。「しかし、シンガーへの道が開ければ、弱視などあまり問題にならないのでは？」と言った。

「それはそうかもしれないけど、そのためには越えなきゃならないハードルがいくつかある……」

「……それは？」と匠。僕は、しばらく無言でいた。ピザを配達するスクーターが道路

を走り過ぎた。

♪

「ギター……」匠がつぶやいた。

「ああ……。あの涼夏の独特な歌声のバッキングをするには、それにふさわしいギターがまず必要だとプロデューサーが言ってる……。確かにそうだと思う」

「で……それは、どんなものかな?」

「繊細で、温かく、同時に一種の淋しさを感じさせる音色のギター」と僕は言った。匠は、5秒ほど無言。

「そんなギターがあるのか……」

「ある……。正確に言うと、あった……。えらく意固地なある爺さんが、マホガニーで作ったものだ」と僕。今度は匠が10秒ほど無言でいた。そして、かすかに苦笑。

「……そういう事か……」

「ああ、そういう事」

匠は腕組み。遠くに見えるタワーマンションに視線を送った。

「……あれを、もう一度作れと？」

「出来る事なら……。あの頃の夢を、もう一度見てくれないかな」と僕は言った。匠は、腕組みをしたまま遠くを眺めている。「だが、あれがもう一度作れるかどうか……」とつぶやいた……。そのときだった。

「お爺ちゃん、やってよ」という声がした。

♪

僕と匠は、驚いて振り向いた。久美が立っていた。いつからそこにいたのだろう……。僕と匠のやりとりをかなり聞いていた感じだった。

「お爺ちゃん、またギター作ってよ」と久美。両手を腰に当てて、「涼夏のために、作ってよ」と言った。唇を結んでじっと匠を見ている……。匠は3分ぐらい、ずっと苦笑いしていた……。やがて、うなずいた。

「……わかった……。本気で考えてみよう」と言い、久美の肩に手を置いた。

♪

店に戻る。

まだ休憩時間《インターミッション》らしい。満席の客たちは、飲んだりしゃべったりしていた。僕らは、席に戻った。涼夏が一人でいた。何か、メモ用紙のような物を鼻先に近づけて読んでいる。

「どうした」僕は、その隣りに腰かけた。

「……これ、お店の人がさっき持ってきた」と言った。それは、唯からのメモだった。

〈哲也さん、久しぶりに会えて嬉しかった。
お父様が亡くなられたこと、小野寺さんから聞きました。
あんな優しくて素晴らしいミュージシャンだったのに、とてもとても悲しいです……。
小野寺さんから電話番号を聞いてあるので連絡しますね。
山崎唯〉

そんな走り書きのメモだった。読んでいる僕の横顔を涼夏がじっと見ている……。やがて、次のステージがはじまろうとしていた。

♪

唯から電話がきたのは、翌日だった。

18　F

午前11時半。僕は、店で涼夏にギターを教えていた。

あのプロデューサーの麻田から言われていた。

〈彼女には、音楽に関するいろんな事をやらせてくれ。作詞、ギターの練習、などなど……。たとえ、それが上手くいってもいかなくても、すべて貴重な経験になるから。あの子はそんな年齢なんだ〉と……。

そこで、もともと涼夏がやりたがっているギターを、基本からちゃんと教えはじめていた。

すでに、2つ3つのコードは教えてある。つぎは、1曲を通して、弾いて歌えるようにする事だろう……。それが出来ると、音楽がさらに面白くなる。

僕はまず、ギターのチューニングをはじめた。そのとき、僕のスマートフォンが鳴った。耳に当てると唯の声……。

「哲也さん?」

「ああ……。昨日はお疲れ様。ライヴ、すごくよかった」と僕。

「本当に? ありがとう……。それで、お父様にお線香をあげに行きたいんだけど」

「それはありがたいけど、うちには仏壇とかなくてさ……。まあ、写真ぐらいならあるけど……」

「じゃ、写真にお花でも……」と唯。僕は、うなずいた。うちの住所を教えた。彼女は東京から来るから、午後になるという。近くで涼夏が聞いているので、出来るだけサラリと電話を終えた。


♪


「エリックおじさんの曲?」僕は涼夏に訊き返した。

〈ギターを弾いて何の曲をやりたい?〉と彼女に訊くと、〈エリックおじさんの曲〉と涼夏が言ったのだ。

僕がギタリストなので、店でかけているCDでは、やはりE《エリック》・クラプトンのものが多い。なので、涼夏はクラプトンを〈エリックおじさん〉と呼んでいる。

「で、エリックおじさんのどの曲？」と訊くと、「オーヴァー・ザ・レインボー」と涼夏が言った。

店でよくかけているクラプトンのCDに、珍しく〈Over The Rainbow《オーヴァー・ザ・レインボー》〉のライヴ・バージョンが入っている。

日本語のタイトルは〈虹の彼方に〉。この曲は、昔のミュージカルで歌われたものだという。けれど、それを知らない涼夏にとっては、〈エリックおじさんの曲〉なのだ。

オーケイ。僕は、曲の譜面《スコアー》を探しはじめた。

♪

「あれ、6弦をとっちゃうの？」と涼夏がつぶやいた。

涼夏に使わせているやや小ぶりなアコースティック・ギター。その6弦を僕は抜いていた。

〈Over The Rainbow〉、そのスコアーを、一番簡単なCのキーに転調した。

Cのキーで、なるべく押さえやすいコードに転調していく……。それでも、コードのFは弾く必要がある。そこで僕は、6弦を抜きはじめたのだ。

ギター初心者が、一番苦労するのがFのコードだという。Fがうまく押さえられなくて挫折したビギナーもいるとか……。確かに、1弦から6弦、すべてちゃんと押さえようとしたら、初心者にとってFは難関かもしれない。特に6弦は……。

しかし……と僕は思う。ギターとは、そんなに難しく考える楽器じゃない。

現に、ローリング・ストーンズのK《キース》・リチャーズ、彼のギターに6弦が張られていないのは有名だ。

あのカリスマ的なギタリストが、6弦なしでプレイしている、それも事実なのだ。

僕は、その事を説明しながら、ERNIE《アーニー》 BALL《ボール》の6弦を抜いていく……。

♪

シャリッと、Cのコードが響いた。

6弦がないので、Cは3本の指で押さえられる。まだ不安定だけれど、

「弾けた……」とピックを手に、涼夏がつぶやいた。僕も笑顔で、まだ細いその肩を叩

いた。そのときだった。店の前にタクシーが停まったのが窓から見えた。唯がおりてきた。

今日もTシャツにジーンズ。キャンバス地のトートバッグを肩にかけている。小さな花束を持っている。10秒後、彼女は店に入ってきた。

「やあ」と僕。

「おじゃまします」と唯。涼夏も、弾いていたギターを置き、「こんにちは」とおじぎをした。「昨日のライヴに来てくれてたわね」唯が微笑して、涼夏に言った。

「すごく良かったです」と涼夏。僕は、二階に上がる。


♪


「とりあえず、この写真……」と僕。二階から持ってきた写真フレームをテーブルに置いた。それは、父と涼夏が岸壁で釣りをしている例の写真だった。

「いい写真……」と唯がつぶやいた。そのフレームのそばに淡い色の花束をそっと置いた。花の名前はわからないけれど……。

「お父さん、牧野さんは、病気で？」と唯が訊いた。僕はしばらく無言……。

「事故だった……」とつぶやいた。

「事故？　車での事故？」

「ああ……轢《ひ》き逃げされたんだ。夜の海岸道路で」

その夜、父は葉山元町《もとまち》の店で友人と飲んだ。歩いて帰る途中で、車にはねられた。

「……はねた車は？」

「まだわかっていない」と僕。目撃者もいない深夜の海岸道路。あたりに防犯カメラもなかった。

「通りがかりの人が救急車を呼んでくれたけど、救急車が来たときは、もう心肺が止まっていて、病院で死亡が確認されたよ。はねた犯人は、いまだにわかってない」と僕。

「……そんな、ひどい……」と唯が声をつまらせた。両手で顔をおおって泣きはじめた。


♪


ぐすっと鼻をすった音。

「……ごめんなさい……」と唯。青いバンダナで頬に流れる涙をぬぐった。

彼女が泣き出して、10分後だった。僕と涼夏は、無言でいた。確かに、7年前、唯と父はCDのレコーディングで一緒に仕事をした。それにしても、彼女の悲しみが深すぎるように感じていた……。そんな僕らの表情を察したのか、唯はやっと口を開いた。

「……牧野さんは、わたしの恩人なの」と言った。

「恩人……」僕は思わず訊き返していた。

♪

「わたし、早熟な子供だったのかな……」と唯。涼夏が出した麦茶をひと口飲んだ。

「12歳でスカウトされて、テレビ・コマーシャルの仕事をはじめて、周囲が大人ばかりだったからかもしれない。ちょっとませた子だったと思う……」僕は、うなずいた。

「コマーシャルで人気が出たから、今度はCDを出そうという流れにも、それほど驚かなった。人気があるうちにっていう、事務所やレコード会社の考えもわかってた」

「……それで、ああいうアイドル路線でも嫌じゃなかったのか……」

「とりあえず仕事と思ってやってたわ。でも……あのCDの3曲目を録音してるときに、大きなショックを受けたの」

「3曲目……」

「そう。〈あなたの瞳に〉っていうアップテンポの曲……」

そう言われて思い出した。いかにもアイドルシンガーらしい曲だった。

「あの曲では、ギターの間奏が入ってるでしょう？　牧野さんが弾いた……」と唯。僕はまたうなずいた。父が弾いたそのパートを思い出していた。

「そのギターの間奏を5テイク録《と》ったところでディレクターがOKを出したんだけど、牧野さんは首を縦《たて》に振らなかった……」

そのときを思い出す表情で唯は言った。

「牧野さんは、さらに3テイク録ってやっと自分なりのOKを出したわ。そして、ディレクターさんも、そんな牧野さんにつきあった……」

と唯。僕はうなずき、「親父らしいな……」とつぶやいた。

「でも……そのときのわたしにはショックだった……。鳥肌が立つほどに……」

真剣な表情で彼女は言った。

「わたしのマネージャーや事務所のスタッフたちはみんな淡々とやってた。どうせ14歳のアイドルが歌うんだから、そこそこに……みたいな感じで」

「……わかるよ……」

「でも、牧野さんたちは違ってた。歌うのが14歳のアイドルで、なんて関係なく、とことん自分にとってベストの演奏をするっていう熱さが感じられたし、それにつきあったディレクターにもプロ意識を感じた……わたしにはすごいショックだった」

と、唯は宙を見つめた。

「そのとき思ったの、音楽の世界っていい……、ミュージシャンっていいなあって……」

「……それで、将来の夢が？」と僕。唯はうなずいた。

「わたしは4歳からピアノをやってたし、両親が音楽好きだったから、アメリカのシンガーソングライターたちの楽曲も、ジュリアード音楽院の事ももう知ってたわ」

「それで、留学する決心を？」

「ええ……。高校を卒業したら、芸能界からもきっぱり卒業する。そして、アメリカに留学する……。そんな夢を持ったのは、その瞬間だったわ」

「……それで、親父が恩人なのか……」

「そう。あのときのスタジオで、牧野さんと出会ってなかったら、いま何をしていたか……」と唯。前にある父と涼夏の写真をじっと見ている。

♪

「潮風なんて、久しぶり……」と唯。海に向かい両手を広げた。そして、深呼吸……。Tシャツが、海風に揺れている。

店の前の真名瀬《しんなせ》海岸。僕と唯は午後の砂浜にしばらく佇んでいた。

足もとには、さざ波が寄せている。ブラシでスネアドラムを叩くような、優しい音を繰り返して……。頭上では、4、5羽のカモメが南風に漂っている。

「……可愛いわね、あなたの従妹《いとこ》ちゃん……。」ふと唯がつぶやいた。

「……涼夏の事？」訊くと唯はうなずいた。「すごくピュアな感じ……」

「まあ……性格はいいよ」僕は言った。そのとき、クラクションが短く鳴った。呼んでおいたタクシーが到着して店の前の道路に停まっていた。

「じゃ、車が来たから……」と唯。肩にトートバッグをかけ、海岸道路の方に歩きはじめた。僕は並んで歩きながら、「レコード会社から声はかかってる？」と訊いた。

「まあね……」と唯。「近いうちに、ちょっと相談にのってくれる？」と言った。僕は軽くうなずく。唯は、停まっているタクシーに歩み寄る。一瞬、僕に笑顔を見せた。

そのとき、向こうから陽一郎が歩いてきた。唯は、ゆっくりと、タクシーに乗り込む。それを陽一郎が見ている。やがて、タクシーが動き出す。唯は、タクシーの窓を開け、手を振っている。やがて、遠ざかっていった……。

♪

タクシーを見送った僕と陽一郎は、一緒に店に入る。
「おい、あの可愛い娘《こ》は誰だよ」と言った。ギターを膝にのせている涼夏が思わず顔を上げた。

19　おっぱいの相対的問題

「誰って、気がつかなかったのか？　アイドルだった山崎唯さ」

と僕。陽一郎は、驚いた顔。

「……あの、山崎……ゆい？」

「ああ。7年前、中二のときさ……お前にもサインをもらってきてやっただろう」

僕は言った。陽一郎と僕は、同じ葉山の中学に通い、その頃すでにバンド仲間だった。

「ああ……。親父さんが彼女のレコーディングの仕事をしてて、お前、録音スタジオに行ったんだっけな」と陽一郎。思い出したらしい。

「けど、あの子、アイドル時代より可愛くなったなあ。……しかし、なんでこの店に？」

「親父が死んだのを知って、花を供えにきてくれたんだ」

僕は言った。写真のそばに置かれた花束を目でさした。陽一郎は、うなずく。

「7年ぶりか……。彼女、お前の事、覚えてたのか?」と訊いた。

そのときだった。ギターを膝にのせ弾いていた涼夏が、陽一郎を見た。

「陽ちゃん、すごいんだよ。……あの唯さん、7年前に会ったとき、哲っちゃんがGAP《ギャップ》の白いパーカーを着てたのを覚えてたの」と言った。

涼夏の口調は、無邪気だった。が、その無邪気さは、心からのものだろうか……。かなり無理して口にした言葉にも感じられた。

「へえ……。7年前に会ったとき、何着てたか覚えてたのか……。確かに、すごいじゃん」と陽一郎。

「たいしてすごくないよ」僕は言った。が、唯が7年前の事を細かく覚えてくれていた、それが少し嬉しかったのも事実だった。

そのとき、Cのコードを練習していた涼夏がミスをした。変な不協和音が響いた。

やはり、気持ちが動揺しているのだろうか……。

♪

「助けて！」と久美から電話がきたのは、翌日だった。

午後4時過ぎ。僕のスマートフォンに着信。「哲っちゃん、助けて！」という久美の声。

「どうした⁉」

「学校の帰りに、また変な車がつけてきて……」と久美。いま、コンビニのトイレに逃げ込んだという。「わかった。そこを動くな」と僕。通話を切る。車のキーをつかむ。涼夏を連れて店を出た。

小学校と御用邸の間にあるコンビニ。その駐車場に僕は、車を入れた。駐車場には、4台の車が停まっている。僕も駐車し、涼夏とコンビニに入る。

「女子トイレだ」僕は涼夏に言った。涼夏は、コンビニの奥にあるトイレに入っていく。すぐに、久美を連れて出てきた。久美の表情が少し硬い。僕らは、コンビニを出た。

すると、駐車場の一番隅に駐車していた車がゆっくりと出ていくのが見えた。窓をスモークにした黒いワンボックスだった。

「つけてきたのは、あれか？」僕が訊くと、久美がうなずいた。ワンボックス・カーはもう道路に出ていく。距離がありすぎてナンバーは読めない。

♪

「爺さんは？」と僕。車のステアリングを握って久美に訊いた。
「お爺ちゃん、横浜に行ってる。木を探しに」久美。
「木？」
「そう、マホガニー」と久美が言った。リアシートで話しはじめた。匠は、本気でマホガニーのギターを作る気になったという。が、手元にはまともなマホガニーのストックがないという。そこで、横浜にある木材の輸入販売をする会社に行っているらしい。僕は、うなずいた。
「まあ、晩飯はうちで食っていけ」

♪

「いい匂い……」と久美が言った。5時過ぎ。うちの台所。僕は、サバの味噌煮を作っ

ていた。昨日、陽一郎が持ってきてくれたサバを使い……。料理している僕の姿を見て、
「哲っちゃん、手際《てぎわ》がいい」と久美。僕の手もとをじっと見ている。やがて、
「お母さんは、いないの？」ずばりと訊いてきた。僕の手が一瞬止まった。そしてまた、
手を動かしはじめる。
「それを話したら、お前さんの親父について話してくれるか？」
僕は言った。久美のお母さんが、4年前に死んだのは、わかっている。そして、久美
はいま祖父の匠と暮らしている。そこには、どんな事情があるのだろう……。久美の父
親は、どこで何をしているのか……。
すると、久美はうなずいた。「あのクソ親父の事でよかったら、いくらでも話すわ」
と言った。僕は苦笑い。クソ親父か……。

♪

僕は、缶ビールを冷蔵庫から出した。プルタブを開けながら、
「うちの両親は、かなり昔に離婚したんだ」と言った。涼夏と久美の前には、サバの味
噌煮。二人が食べはじめたところだった。

「離婚？」と箸を持った久美。

「ああ、おれが6歳のときに……」

「その原因は？」と久美。ずばずばと訊いてくる。僕は、缶ビールに口をつけた。

「母親が、親父にあいそをつかしたんだ」

「あいそをつかした……。なぜ……」と久美。僕は、仕方なく過ぎた日のページをめくる……。

両親が結婚した頃、父は二十代。当時はそこそこ人気があるフュージョン・バンドでギターを弾いていた。将来を期待されるギタリストだった。そんな姿に惹《ひ》かれた母は、父と結婚したらしい。けれど、

「〈将来を期待されるギタリスト〉なんて、星の数ほどいるんだ……」僕は、つぶやいた。やがて、父のバンドは行きづまって解散。父は、ときどき来るスタジオ・ミュージシャンの仕事をやりながら、この楽器店をはじめた。

「母親が求めていたのは、華やかなスポットライトに照らされるミュージシャンで、西陽に照らされる楽器店のオヤジじゃなかったわけだ」僕はつぶやいた。

ほかにも色々あったらしい。けれど、口数の少ない父はそれについて話はしなかった。

両親がもめていた頃、僕はまだ5歳。事情を聞いても、よくわからなかっただろう……。

「気がついたら、母親はいなくなってたよ。シングルマザーとしてガキを育てるのなんて嫌だったらしい……」

母が姿を消した、あれは僕が6歳だった3月。春一番というにはひんやりとした風が吹いていたのを覚えている……。


♪


「で、お前のクソ親父は、どうなんだ」と僕。新しい缶ビールに口をつけて久美を見た。

「ああ、あの人ね……」と久美。箸を使いながら、

「あの人はね、再婚したの」と言った。

「再婚？ ……だって、お前の母さん、つまり妻が死んでまだ4年しかたっていないんだろう？」と僕。涼夏も、箸を動かす手を止めて久美を見た。

「だから、クソ親父なの……。あの人は、お母さんが死んだ2年後に再婚したんだ」

「じゃ、いまから2年前か……」と僕。久美は、うなずいた。その表情が渋い。

「……で、その新しい奥さんって、どんな人？」と涼夏が訊いた。久美は、しばらく黙

っていた。そして、ひとこと、「クソババア」と言った。僕は思わず笑ってしまい、涼夏は口を半開きにしている。

「そうか……。それでお前は爺さんと暮らしてるのか……」僕は、つぶやいた。

「まあ、そういう事」と久美。ふっとため息……。「人生って、いろいろと大変だから……」とつぶやいた。僕も涼夏も、つい苦笑いしてしまった。


♪


「泊まりたい？」僕は涼夏に訊き返した。

晩飯の後も、涼夏と久美はワッフルを食べながら、にぎやかにしゃべっている。その久美が、今夜はうちに泊まりたいと言っているらしい。

「あの子、やっぱり寂しいんだと思う……。泊めてあげていい？」と涼夏。自分と同じように家族に恵まれていない久美の気持ちがわかるのだろう……。久美が涼夏を姉のように慕《した》いはじめているのも、すでにわかっている。僕は、うなずいた。

「いいよ。爺さんに連絡を入れとけば」

♪

はずんだ笑い声が、風呂場から聞こえていた。涼夏と久美は、一緒に風呂に入っている。

食器を洗っていると、その声が、ときどき聞こえてくる……。風呂場の声は、よく響くのだ。やがて、

「……涼夏、おっぱい、ふくらんでる！」と無邪気な久美の声。

僕は、どきりとした。手が滑り、洗っていた皿をシンクに落としそうになった。

久美の胸はまだ平らに見える。いまどきの12歳にしては、発育が遅いのだろうか……。そんな久美からすれば、涼夏のバストが大きく見えただけだろう……。〈相対的な問題だ〉と僕は心の中でつぶやいた。

それはそれとして、涼夏の体が少しずつ発達してきているのに、僕は気づいていた。手脚《てあし》はまだ子供っぽく、細っそりとしている。が、ヒップやバストには、はっきりとした肉づきが感じられてきていた。もうすぐ16歳なのだから、当たり前なのだけど……。

僕は、ダイニングの窓を開けて深呼吸……。斜め上に月が出ている。葉山の海が淡い

銀色に光っている。頬をなでる潮風には、もう真夏の匂いが感じられた……。

♪

「絶望的？」僕は、訊き返した。匠はうなずく。
「ダメだった。もう、本物のマホガニーは手に入らない」と言い、肩を落とした。

20　ひたすら南へ……

翌日の正午。

僕らは、楽器店の前に簡単な椅子を出し、昼飯を食べていた。

僕、涼夏、久美……。陽射しを浴びながら、旭屋で買ってきたコロッケパンをかじっていた。そこへ、匠のワーゲンが停まった。久美を迎えにきたらしい。匠は車を降り、僕にうなずいた。

「昨日は、横浜の本牧《ほんもく》にある材木の輸入販売会社まで行ってきたよ」と言った。

「で、マホガニーは？」僕は訊いた。匠は、首を横に振った。

「ダメだった。ワシントン条約で厳しく規制されて、もう、本物のマホガニーは手に入らない。マホガニーまがいの代替品ならあるんだが……」と匠。「うちの倉庫にあったマホガニー材もとっくに使い切ったし……」と表情を曇らせた。

「あのギターの詳細な設計図は残ってるんだが、肝心のマホガニー材がないんじゃ、どうしようもない……」とつぶやいた。僕も、大きくため息……。


♪


「ところで、船に詳しい人間を知らないかな？」ふと、匠が言った。

「船……。漁師なら知ってるけど……」と僕。「それが？」

「いや……昨日行った材木会社で珍しいものを見てね」

「珍しいもの？」僕は、訊き返した。匠は、スマートフォンを取り出した。そこに、撮った画像を出す。僕は、それを覗き込んだ。匠は、ヨットの画像だった。

「これは、ヨットのレプリカ。30センチぐらいの模型だよ」と匠。その模型は、材木の輸入会社に飾られていたものだという。

「40年近く前、ある造船所が、かなり大量のマホガニー材をこの会社から仕入れたという」

「造船所……」

「ああ、そこの造船所では、仕入れたマホガニー材で一艇のヨットを建造したらしい。それが完成したとき、記念にこのレプリカが進呈されたというんだ」

と匠。僕は、その模型の画像をじっと見た。美しいフォルムを持つ木製のヨットだった。白い帆《セイル》も張られている。

「マホガニーで船を造ることはあるのかな？」匠が僕に訊いた。

「たぶん……」と僕。詳しい事は知らないが、陽一郎に聞いた事がある。木製の船がよく造られていた時代、さまざまな木材が使われていたと……。もちろんマホガニーも……。

「で……このヨットは誰がどこの造船所で造ったのかな？」と僕。

「それが、全くわからないんだ。40年も前の事だし……。当時、材木会社の社長をしていた人物は、もう亡くなってて、このヨットに関して知ってる人間はいまいないそうだ」

と匠。「しかし、ちょっと気になる……」と言った。

僕はうなずき、その場で、画像を自分のスマートフォンに転送してもらった。


♪

「じゃ！」と久美。涼夏に手を振る。ワーゲンに乗り込もうとしていた。

僕は、匠と話していた。下校した久美をつけてきた黒いワンボックス・カーについて……。匠は、うなずきながら僕の話を聞いている。聞き終わると、

「来週からは、私が学校の送り迎えをしよう」と言った。

そして匠がワーゲンに乗り込み、車はゆっくりと動き出した。

僕は、遠ざかっていくワーゲンを見ていた。心にかすかな疑問が湧き上がる……。

小学生の女の子が、2回も不審な連中に声をかけられたり、車でつけられたり……。

それは、ただ事ではない。けれど、それを聞いた匠は、ひどく驚いた顔をしていなかった。どちらかと言えば淡々とした表情で聞いていた。想定内というような表情……。

なぜだろう……。僕は胸の中でつぶやいていた。あの〈魚竹〉のおばさんが言っていた言葉、〈あの家族には、いろいろあるし……〉というつぶやきを、ふと思い出していた。

♪

「ヨットか……」と陽一郎。スマートフォンの画面を見てつぶやいた。

午後3時。港の岸壁。陽一郎は、今日の漁から帰ってきたところだった。僕と涼夏は、そんな陽一郎を岸壁でつかまえた。匠が撮ったヨットの写真を見せたのだ。

「おれは、ヨットはわからないなぁ」と陽一郎。「あ、昭次《しょうじ》ならわかるかも。あいつ船オタクだから」と言った。

漁船をふり向き、「昭次、ちょっと！」と言った。陽一郎の弟、昭次は漁船の上。デッキブラシを動かしていた。陽一郎の親父さんは、ひどい腰痛で今日も漁は休みらしい。

昭次は、船洗いの手を止める。岸壁に上がってきた。涼夏が、

「昭ちゃん、久しぶり」と声をかけた。昭次は、

「あ、ああ……」と言い、顔を赤くした。昭次はいま高校二年。どうやら涼夏の事が好きらしい。僕は、スマートフォンの画面を昭次に見せた。とたん、昭次の目が輝いた。

画像をじっと見ている……。

「……30フィートぐらいの艇体《ハル》かな。船室《キャビン》の形が独特だ……」とつぶやいた。


♪

「見覚えがある？」僕は、思わず昭次に訊き返していた。彼に画像を見せた5分後だっ

た。

「どこで……」と僕。昭次は、坊主頭をかいて、

「うーん、どこだっけなぁ……」と言う。そして、「1、2年前に見たような……」とつぶやいた。

「お前、高二で認知症かよ。早く思い出せよ」と兄貴の陽一郎。僕は苦笑い。

「まあ、あわてるなよ……。思い出したら、すぐ連絡くれればいいさ」と言った。

♪

「これが、Eマイナー」僕は、涼夏の指に触れ、そっと動かした。

夜の8時半。涼夏の部屋。〈虹の彼方に〉のコードを教えていた。

最初のコードはC。そして、つぎのコードは、Emだ。オープン・コードのEmは、中指と薬指の指2本で押さえられる。

が、初心者の涼夏には、そう簡単ではないようだ。そこそこ苦労している……。僕は、

涼夏の後ろからコードを押さえるのを助けてやる。

そうしていると、お互いの顔と顔が触れ合いそうになる……。彼女の髪から、シャン

プーの香りが漂う……。

何か、微妙な雰囲気……。涼夏が、指の動きを止めた。顔の向きを変えた。二人の目と目が、10センチほどに近づいていた……。視線がからむ……。

「哲っちゃん……」と少しかすれた声で涼夏がつぶやいた。僕の胸に頬を押しつけた……。

そのとき、スマートフォンの着信音。僕は、ポケットからスマートフォンを取り出した。陽一郎からだった。耳に当てる。

「哲也《てつ》か、昭次が思い出したよ」

「思い出したって、あのヨットの事か？」

「ああ」と陽一郎。僕はスマートフォンを持ち直した。

♪

「油壺《あぶらつぼ》？」僕は訊き返していた。

「そうだ。台風の避難で船を回したときらしい」

と陽一郎。僕は、うなずいた。ここ真名瀬の港は、それほど高い防波堤では守られていない。そこで、大きな台風が来ると、漁船や遊漁船は三浦《みうら》半島の油壺に避難する。油壺湾は、入り口がわりと狭く、奥が深い。なので、大波が入ってこないのだ。

「去年の9月にでかい台風がきたじゃないか。あのとき、うちの船を油壺に回したんだけど」と陽一郎。「そのとき、昭次があのヨットを見たって言ってるのさ」

「へえ……油壺の湾にあったのか？」

「ああ……。ただ、海に浮かんでたんじゃなく、陸置きされてたらしい。おれは、うちの船を舫《もや》うのに気を取られてたけど、船オタクの昭次はそのヨットを見かけたらしい」

「なるほど……。とにかく行ってみるか」


♪


「気持ちいい！」涼夏が明るい声で言った。その前髪が、パタパタと風に揺れている。ポニー・テールも躍っている……。

陽一郎が舵を握る漁船・昭栄《しょうえい》丸は、時速22ノットで走っていた。葉山の真名瀬漁港を出港して5分。まず長者ヶ崎をかわし、南に走っていく。乗っているのは、昭次、僕、そして涼夏だ。

涼夏が船で沖に出るのは、久しぶりだ。以前は、しょっちゅう船に乗っていた。釣りをしたり、水のきれいな沖で泳いだり……。それが、眼に障害を負ってから、あまり船に乗りたいと言わなくなっていた……。何事にも、消極的になっていた。

そんな涼夏が、久しぶりに船上で明るい表情をしている。

午前11時過ぎ。快晴。ゆるい南風。船は、小さな波を突っ切っていく。陽射しは、強い。ドラムスのシンバルを叩くように、ジャンジャンと海面にはねている。

昭次が、ときどき涼夏を見ている。彼女は、体にぴっちりとしたショートパンツとTシャツを身につけている。昭次は、それが気になるらしい……。僕は、苦笑していた。

白ギス釣りをしている遊漁船をかわし、僕らは、ひたすら南へ……。

やがて、佐島《さじま》の沖を過ぎる。

船首《バウ》の10メートル先から、エンジン音に驚いた飛び魚が、空中に飛び出した。

飛び魚がいるという事は、黒潮の分流がこの相模湾にも差している……。海も、もう真夏に入ったらしい。

やがて、陽一郎は、ガバナーを手前に引く。エンジンの回転数が落ちて、船のスピードが落ちていく……。三浦半島の先端近く。油壷湾の入り口が近づいてきた。

♪

「あれか？」と陽一郎。船の舵を切りながら言った。そばにいる昭次が、行く手を指さしうなずいた。油壺湾のかなり奥。陸に置かれた一艇のヨットが見えた。僕らが乗っている漁船は、ゆっくりと近づいていく……。

FRPではなく、艇体《ハル》のすべてを木で建造されたらしいヨットが、夏の陽射しを浴びて佇んでいた……。

僕の隣りで、涼夏が息を呑んだのがわかった。

21　19歳の夏、森戸海岸の風に吹かれていた

「ボロっちいなあ……」と陽一郎。そのヨットを眺めてつぶやいた。

油壺湾の奥にある静かな入江……。僕らは、近くにある桟橋に船を舫ったところだった。

船から桟橋に上がる。水辺から10メートルぐらいのところ。船台に載った木製のヨットがある。

その近くには、一軒の別荘があった。周囲にほかの建物はなく、人気《ひとけ》もない。夏の陽射しが、あたりにあふれていた。

僕らは、桟橋から砂浜へ……。淡いピンクの浜昼顔《ハマヒルガオ》が咲く砂浜を歩き、ヨットに近づいていく……。

「ただのポンコツじゃないか、こいつ」陽一郎が言いながら、船台に載ったヨットを見上げた。

「いや……」と昭次。さらにヨットに近づいて、その艇体《ハル》に触れた。そのときだった。

「ちょっと、あんたたち」と鋭い声。僕らは、ふり向いた。

一人の女性が立っていた。五十代だろうか。背が高い。長い脚にストレート・ジーンズをはき、デニム・シャツの腕はまくり上げている。髪は、後ろでまとめている。

いま、両手を腰に当てて、僕らを睨みつけている。

「ここは、私有地よ。あんたたち、何をしてるの」と彼女。どうやら、すぐそばにある別荘から出てきたらしい。

「……あの、いいヨットですね……」と昭次が言った。

「ただの古いヨットよ」と彼女。「とにかく、ここは私有地なんだから、出ていって」と言った。僕と陽一郎は、目を合わせる。バンドの演奏をスタートさせるときのような、アイ・コンタクト。〈とりあえず、ずらかった方が良さそうだ……〉

「お邪魔さま」僕は言った。全員で桟橋の方へ歩きはじめた。

僕は、ふとふり返ってみた。あの女性は、入江の砂浜に立ちこちらを見ている。

見渡す限り海と木立……。あたりにほかの家も建物もない。無用心といえばいえる。

見知らぬ人間に対する、彼女のあんな物言いも、半ばうなずけた。

僕は、栈橋から船に乗り込むと、操船席のGPSを見た。この場所の緯度・経度をメモした。


♪


「マホガニー?」僕は、昭次に訊き返していた。

船は、油壺湾を出て葉山に戻っていた。行きよりゆっくり、15ノットほどで走っている。その船上で、昭次が説明しはじめた。あのヨットの艇体《ハル》はマホガニーで造られていると……。

「本当に?」訊くと昭次はうなずき、「間違いないよ」と言った。そして、「いまはかなり朽ちかけてるけど、造られた当時はすごくいいヨットだったと思う」と昭次。

今度は、僕がうなずいていた。やはり……。昭次の記憶は正しかったのだ。

そして、あの女性についても考えていた。どうやら、あの別荘に住んでいるらしい。家族と……。あるいは一人で……。そんな彼女の瞳にあった強い光を、ふと思い出していた。眩しい陽射しに目を細めた。船の右舷側に、佐島の灯台が過ぎていく……。

♪


「油壺?」と匠。

「そう、油壺の奥の入江に例のヨットがあったよ。どうやら、艇体《ハル》がやはりマホガニーで出来てるらしい」僕は、スマートフォンを耳に当てて言った。

「行ってみるかい? 明日にでも」

「ああ、もちろん」と匠が答えた。


♪


翌日。午前10時。匠の家。

僕は、家の前に駐めた車のカーナビに、あの海岸までの道順をセットした。匠が、車に乗り込んできた。助手席に涼夏がいるので、匠は後ろのシートに乗った。久美は学校に行っているらしい。僕は、車のギアを入れた。三浦半島を葉山から南に向かう……。

秋谷《あきや》を過ぎ、国道134号を40分ほど走る。そのまま県道26号に入った。やがて、

「ここだな」僕はつぶやいた。〈油つぼ入口〉の信号が見えてきた。その信号で右折。県道から、さらに細い道路に入った。ここから、カーナビが役に立つ。

レタスなどの三浦野菜を作っているのどかな丘陵地帯をしばらく走る。やがて、道は下り坂に……。複雑に曲がりくねりながら、油壺湾に向かっておりていく……。


♪


僕は、急ブレーキを踏んだ。目的の入江に出たところだった。

かん高いエンジン音が聞こえていた。見れば、あの別荘のすぐ近くに、小型車。小型の日本車が、やたらにエンジンをふかしている。僕は、その10メートル手前で停めた。

すぐに、わかった。小型車は、バックで出ようとしている。が、駆動する後輪が砂に埋まって空回りしている。いわゆる、スタックという状態。いくらエンジンをふかしても、ただ砂が飛ぶだけ。車は、1センチも動かない。

僕と匠は、車を降りた。スタックしている車に歩いた。運転席には、あの女性がいた。僕らを見るとウインドーを下げた。

「どうしました」と匠。

「犬が急に苦しみだして！」と彼女。見れば、助手席にシェパードが丸まっている。ひどく荒い息をしている。シェパードにしては体が小さい。まだ仔犬のようだ。

「とりあえず、こっちの車へ！」僕は、言った。

彼女は、うなずく。小型車から、降りる。犬を抱きかかえ、僕の車に……。匠と並んでリアシートに乗った。

「動物病院は？」

「県道沿い！」と彼女。僕は、うなずいた。ギアをバックに入れて発進。切り返し、登り坂を上がりはじめた。

「突然に苦しみだした？」と匠。

「ええ、急に！」と彼女。匠が、彼女が抱いているシェパードを見る。

「何か、変なものを呑み込んだのかもしれない。それが気管につまってる可能性が高いな」と言った。犬の荒い息が聞こえる。僕は、アクセルを踏み込んだ。県道26号に向かって曲がりくねった登り坂を突っ走る。

「もっとスピード出ないのか！」と後ろで匠が言った。

「登りなんだから、これで目一杯だ。爺さん、黙っててくれ！」僕は床につくまでアクセルペダルを踏み込んだ。さらに加速！　助手席で涼夏の悲鳴！

5分ほどで、県道26号に出た。彼女が、「左に！」と言った。僕は、ステアリングを鋭く切る。しばらく走ると、動物病院の看板が見えてきた。

♪

「これですね」と獣医師。プラスチックの玉を金属のトレイにぽんと置いた。ピンポン玉よりぐっと小さい。それは、釣りに使う浮子《うき》らしかった。

「これを、呑み込んでましたね」と獣医師は言った。シェパードの喉からそのプラスチックを取り出したところだった。シェパードの呼吸は、ほとんど普通に戻っていた。

「よかった……」と涼夏がつぶやいた。

「この浮子をよくオモチャにしてたんだけど、まさか呑み込むなんて……」と彼女。

「犬は、こういう事をときどきやりますよ。私も犬を飼ってるからわかる」と匠が言った。結局、彼女のシェパードは、念のために一晩入院することになった。

「本当に助かったわ……」彼女が言った。油壺湾の入江まで戻ってきたところだった。

「それはそれとして、もう一仕事しなきゃ……」僕は言った。後輪が砂に埋まっている車を指差した。スタックしてるこの車を、なんとかしなくては……。

「古い毛布か何か、あるかな？」僕は彼女に訊いた。

「あると思う。探してくるわ」と彼女。別荘に入っていった。

入江の海面には、夏の陽射しが反射している。木立からは、セミの鳴き声が降り注いでいた。

僕と匠は、すぐ近くにあるヨットに歩く。匠は、ヨットを眺め、その艇体《ハル》にそっと触れた。すぐに、うなずいた。「マホガニーだな……」と小声で言った。

やがて、彼女が古ぼけた毛布を持って別荘から出てきた。僕は、車の後輪と砂浜の間に、その毛布を押し込んだ。

「前から押すから、アクセルを踏んで」と言った。彼女がうなずく。車の運転席に乗り込んだ。僕は、車の前に回る。ボンネットに手をかけた。すると、匠も僕の隣りにきた。

ボンネットに手をかけた。一緒に押すつもりらしい。

「やめといた方がいいんじゃないか。腰でも痛めるとまずいぜ」僕は言った。

「年寄りあつかいするんじゃない」と匠。

「だって、年寄りじゃないか」

「ほっといてくれ」と匠。そのやりとりを聞いた涼夏がくすくす笑っている。

匠の、言い出したら聞かない性分はわかってる。

「まあ、好きにしろ」と僕。運転席の彼女に「アクセルふかして！」と叫んだ。

彼女が、ギアをバックに入れ、アクセルをふかすと同時に、僕と匠は姿勢を低くして前から車を押す……。

5秒後……。車はじりじりと動き出す。10センチ……20センチ……50センチ……1メートル……2メートル……。ゆっくりとだけど、スタックから脱出した……。僕と匠は、少し汗をかいていた。彼女が、エンジンを切り、降りてきた。

「助かったわ。本当にありがとう……」と息を吐いた。「たいしたものはないけど、お昼でもご馳走させて」と言った。

♪


僕、涼夏、匠の3人は、別荘に入っていく。

かなり大きな別荘だった。外壁は、丸太で組んである。そこそこ広いベランダがある。中も広々としていた。大きなテーブル。隅には暖炉がある。カウンターの向こうがオープン・キッチン。木の壁には、額に入った写真が何枚も飾られていた。

僕は、壁の写真を見る。

まず見たのは、少し退色したカラー写真。砂浜に立って笑顔を見せている若い女だ。後ろには、ディンギー、つまり小型ヨットが写っている。彼女のストレートな髪が、風に揺れている……。

その写真が、若い頃の彼女だと、すぐにわかった。日本人にしては彫りの深い顔立ち。のびやかな手脚……。

「若い頃からヨットを？」と僕は訊いた。彼女は、カウンターの向こうでサンドイッチを作りながら、うなずいた。

「大学ではヨット部に入ってたわ」と彼女。「それは、19歳の夏。森戸《もりと》海岸で練習してたときのスナップ写真」と言った。僕は、うなずいていた。彼女の、きびきびとした身のこなし……。若い頃からヨットをやっていたと聞けば、よくわかる。

写真の隣りに、小さめのカップが飾られてある。何かヨットの大会の優勝カップらしい。カップの台にプレートがあり、名前が彫られている。〈藤木則子《ふじきのりこ》〉と彫られていた。

「藤木……」と僕。彼女は微笑し、「わたし」と言った。

とりあえず、彼女のフルネームはわかった。


♪


「ほっとしたら、ノドが渇いたわ。ビールでもいかが」と則子。大型の冷蔵庫から、クアーズを2缶出した。「わたしは、もらおうか」と匠。

車を運転してきた僕と涼夏には、則子がアイスコーヒーを出してくれた。

テーブルには、彼女が作ったスモークサーモンのサンドイッチとピクルスがある。もう1時過ぎ。空腹を感じたので、僕らは彼女が作ってくれたサンドイッチに手をのばした。

「あの写真は、そこにあるヨットだね」と僕。壁にある、一番大きな写真を目でさした。

その写真も少し色落ちしている。例のマホガニーのヨットが、まだ現役だった頃の写真らしい。

この別荘の前にある桟橋に、ヨットが舫われている。そのデッキに人が3人。

真ん中に、二十代の後半に見える彼女。その右側には、五十代に見える日本人男性。端正な彼の顔立ちには、彼女と似たところがある。たぶん、父親だろう……。

そして、彼女の左側には白人の男……。

「右側はお父さん？」訊くと、彼女はうなずいた。「左側のこの外人さんは？」と僕。

「そのアメリカ人は、夫よ」と彼女がつぶやくように言った。

「ダンナさん……」と涼夏。則子は、またうなずいた。そして、「もう、いないけど……」

22　あのロバートに似ている

開け放した窓から海風が入り、テーブルの上の紙ナプキンがかすかに揺れた。

則子が、二缶目のクアーズを冷蔵庫から出してきた。

「あのヨットとこの別荘を、父が作ったのは、いまから40年ぐらい前。わたしがまだ15歳だった頃よ」と言った。匠の前にも、二缶目のクアーズを置いた。

「お父さんもヨット好きで？」匠が訊いた。彼女は、うなずいた。

「父がヨット好きだったから、その影響でわたしもヨットをはじめたの。中学では、バスケットボールをやってたんだけど……」

「……あのヨットはどこの造船所で？」と僕。

「父が経営していた造船所よ」彼女が言った。

「お父さんが、造船所を……」と匠がつぶやいた。

「祖父の代から、横浜で造船業をしていたの。父の代に建造してたのは、海上保安庁の艇《ふね》などが多かったんだけど、依頼されればヨットも造ってた。たぶん父の個人的な趣味ね」そう言って彼女は微笑した。

そのとき、涼夏が立ち上がりその写真に歩み寄った。10センチぐらいまで顔を近づけて見ている。則子が、不思議そうな表情で僕を見た。

「すごい近眼なんだ」とりあえず僕は言った。やがて、写真を見ていた涼夏が、

「素敵なダンナさん……」とつぶやいた。

確かに。写真の中で笑顔を見せている彼は、ハンサムだった。30歳ぐらいだろうか。夏らしく、半袖のポロシャツ。白い歯を見せている柔らかい笑顔……。あのR《ロバート》・レッドフォードが若かった頃を連想させた。

則子は、また微笑。グラスに注いだクアーズに口をつけた。

「彼に出会ったきっかけも、船だったわ」

♪

則子が立ち上がった。

部屋の隅に、年季の入ったレコード・プレーヤーがある。そのそばには、かなりの数のLP盤……。

彼女は、その一枚を手にした。ビートルズの〈Rubber Soul《ラバー・ソウル》〉だった。それをターンテーブルにのせ、針を落とした。〈Drive My Car《ドライヴ・マイ・カー》〉が流れはじめた。しばらくして、

「彼は、米軍の人だったの」彼女が口を開いた。

「米軍……。横須賀？」僕はつぶやいた。このあたりで米軍といえば、横須賀基地を母港にしている第七艦隊……。

「そう、第七艦隊の下士官だったわ」彼女は言った。クアーズをひと口……。

「わたしたちが、知り合った頃、米軍はいろいろあって……」

「湾岸戦争か……」と僕。彼女はうなずいた。

「イラン・イラク戦争や、湾岸戦争があって、米軍の艦船はかなり消耗してた。修理が必要な艦船も相当にあって、横須賀基地はてんてこまいだったらしいわ。そこで、横浜にある父の造船所にも声がかかったの」

「声が……」

「ええ……。横須賀基地のドックでは艦船の修理などをする技術者が不足したらしく、父の造船所の技術者を貸して欲しいと要請されたみたい。それで、父は横須賀基地と行き来しはじめたわ」と彼女。微笑し、

「わたしも、興味半分で父に同行して横須賀に行ったりしてた……。横須賀ベースの中には、ヨット・ハーバーもあったし……」

「そこで、彼と出会った？」と僕。彼女は微笑してうなずいた。

「で、恋愛に？」訊くと、またうなずいた。それ以上訊くのは、野暮だろう。スピーカーから、〈ノルウェーの森〉がゆったりと流れている。

♪

「知り合って1カ月で恋に落ちて、1年後に結婚したわ」と則子。ピクルスをかじり、クアーズをひと口。ビールが、少しだけ口を軽くしているようだった。

「幸せな結婚生活だったようだね」と匠。3人でヨットの上にいる写真を見て言った。

「彼が横須賀にいるときは、毎週末、ここに来てヨットに乗ったわ。よく父も一緒に……」と則子。壁の写真を眺める。

「あれは、結婚して1年ぐらい過ぎた夏の写真ね……」とつぶやいた。

この部屋にも、そんな楽しい結婚生活を連想させる物があった。出入り口に近いところには、何本もの釣り竿。部屋の隅には、ギターがある。

「……そんな彼が、いまはいない？」僕は、思い切って訊いた。

♪

ビートルズが〈Nowhere Man《ノーウェア・マン》〉を歌いはじめた。彼女は、三缶目のクアーズをグラスに注ぐ。

「あれは、結婚して9年目だったわ……」と話しはじめた。

「彼が、極秘の任務で横須賀を出港したの」

「極秘……」と僕。

「どこの国にも、表ざたにしない軍事行動というものがあって、わたしはもちろんその事を知っていたわ。そして、そんな軍事行動のために彼は横須賀から出港したの」

「目的地などは？」

「それは、一切明かされなかった。どんな艦船でどこに向かったのか、家族にも言わないルールなの。まあ、聞いても仕方ないといえば、仕方ないんだけど」

と彼女。肩をすくめた。ほんの少しクアーズに口をつけた。しばらく無言……。

「あれは、彼が出港して3カ月が過ぎた日だった。わたしが暮らしてたこの別荘に、軍のナンバーをつけた車がやってきたの。嫌な予感がして、鳥肌が立ったわ」

と彼女。あえて淡々とした口調で話していた。

日本で待つ家族に軍の人間がやってくるときは、たぶん悪い知らせ……。

「不幸が？」匠が、静かな口調で訊いた。彼女は、かすかにうなずいた。

「残念ながら……と軍の人間は言った。わたしも軍人の妻だから、心の奥では覚悟をしていた。でも、それが現実になるなんて……」

と彼女。何か言おうとした僕を、彼女は手で制した。

「おくやみは、いいわ。この18年間でさんざん言われてきたから」と言って微笑した。

その微笑は、かなりの意思と努力で出来たもの……。僕にはそう見えたけれど……。


♪

開けた窓からは、相変わらずセミの声が聞こえていた。

「短い結婚生活だったけど、後悔はしてないわ。いい思い出が山ほどあるから」と彼女。立ち上がった。

「ヨットに乗るだけじゃなく、そこの桟橋で釣りをしたり、前の海で泳いだり……。冬の寒い日は、暖炉に火を入れてビートルズやR&Bを聴いたり……」そう言って、暖炉の近くに行く。

そこには、ちょっと珍しい椅子があった。揺り椅子、いわゆるロッキング・チェアー。だけれど、どうやら二人で並んで座れるようになっている……。彼女は、そのロッキング・チェアーに手を置き、

「ここに並んで座って、いろいろな話をしたわ……。いまは、壊れちゃってるけど……」と言った。確かに、そのロッキング・チェアーの脚は壊れているようだ。

そのときだった。匠も立ち上がる。彼女が手を置いているロッキング・チェアーを見た。

「それは、確か、結婚二周年の記念に作ったものだよね」と言った。驚いた表情の則子が、匠を見た。

23　再会の入江

「別に、びっくりさせるつもりで言ったんじゃないんだ」と匠。

「……じゃ……なぜ二周年の記念と知ってたの？」則子が訊いた。匠は、微笑した。

「自己紹介が遅れたね。私は、梶谷匠。数年前まで、家具を作っていたんだ」

「家具を？」

「ああ、葉山で家具の会社というか工房をやっていた。そして、このロッキング・チェアーは、私が作ったものなんだ」と匠。「まあ、詳しい話をしよう」


♪

「フレッドが、あなたの会社にこれを注文した……」と彼女がつぶやいた。

フレッドは、夫の事だろう。匠は、うなずいた。

「昔から、うちに家具の注文をするのは、横須賀ベースの人たちが多かった。かなり多くの家具をベースに納品したよ。そんな事で、ご主人もうちの事を知ったらしい」と匠。

クアーズをひと口……。

「……あれは、私がまだ四十代。精力的に家具を作っていた頃だった。ある日、アメリカ兵らしい男性がうちの工房に、家具のオーダーにきた」

「それが、フレッド……」則子がつぶやいた。

「そう、間違いない。彼だよ」と匠。飾られている写真を目でさした。「彼は、二人でかけられるロッキング・チェアーを作れないかと言った。結婚二周年の記念に、それを部屋に置きたいと……」

「それで、あなたが？」

「そう。少し難しい注文だったが、なんとか1カ月で完成させた」と匠。「納品には若い社員が行ったが、まさか、この油壺の入江で再会するとは……」

「すごい巡り合わせ……」と彼女。

「これを見たときは、私もかなり驚いたよ」と匠。「よかったら、椅子の背を見てくれないか？　うちの工房名〈KAJITANI〉の文字が刻印されてるよ」と言った。

則子は、ロッキング・チェアーの向こうに回る。椅子の背を覗き込んで、

「本当……」とつぶやいた。

僕と涼夏も、ロッキング・チェアーの向こうに行く。その背を見た。小さめだけれど、確かに〈KAJITANI〉と刻まれていた。涼夏は、5センチまで顔を近づけて見ている。


♪


「修理をしてくれる？」と則子がロッキング・チェアーを見たまま訊いた。匠は、うなずく。

「さっきから考えてたんだが、壊れたままというのは、作った人間として心苦しい。もしよければ、修理させてもらうよ」と匠。柔らかく微笑し、

「まあ、アフターサービスというところかな」と言った。

「……もし、そうしてもらえれば嬉しいわ。思い出がいっぱいある椅子だし」

則子が言った。その表情が明るくなったように感じられた。匠は、ロッキング・チェ

アーを見ている。

「この素材は、ウォールナットだな。材料を揃えるのに、2日ほどかかるから、それからという事で……」

匠が言った、そのときだった。スマートフォンの着信音。匠が、ポケットからスマートフォンを出した。

「久美からだ」と僕に言った。話しはじめる。

「……怪しい車……。またか……」と言った。しばらく、久美と話している。

「……わかった。これから、葉山に戻るから、学校から出るな」と言った。通話を切った。

「急用ができたから葉山に戻るが、3日後ぐらいにそのロッキング・チェアーの修理にくるよ」と匠が則子に言った。僕は、ポケットから車のキーを出した。


♪


「久美の学校に、また怪しい車が?」僕は言った。車のエンジンをかけ、ギアを入れた。

「昼休み頃から、校門の近くにいるそうだ」と匠。リアシートで答えた。

その口調には、それほどの驚きが感じられなかった。僕は、アクセルを踏み車を出した。ステアリングを切りながら、

「あんた、事情を知ってるみたいだな。久美に、怪しい連中がつきまとってる、その理由に勘づいているんじゃないか？」と言った。

「……なんの事かな？」匠は、一応とぼけた。

「とぼけたってダメだよ、爺さん。おれたちになら、本当の事を言ったらどうだ。何か力になれるかもしれないし」

助手席の涼夏が、ふり向いた。「そう、本当の事を教えて。久美ちゃんは、わたしにとって妹みたいな子なんだから」と言った。

5分後。車は、別荘からの上りを登り切り、レタス畑の中を走っていた。

「……そうだな。君たちには、ありのままに話すべきだろうな……」と匠。さらに、2、3分は黙っていた。やがて、

「私の娘の洋子は、一人っ子だった。なので、会社の跡継ぎのために、婿養子《むこようし》をとる必要があったんだ」と口を開いた。僕は、レタス畑の中でカーブを切った。

「そして、洋子は大学生の頃から小島安明《こじまやすあき》という同級生とつきあっていた。ゼミでも一

緒だった」

「……で、その人を婿養子に？」

「ああ……。安明は、真面目そうな男だったし、たまたま次男だった。そこで、洋子たちが大学を卒業した2年後に二人は結婚して、安明は婿養子として、会社にも入った」

「彼は、家具作りを？」と僕。ルーム・ミラーの中で、匠が首を横に振った。

「そういうタイプじゃなかったから、営業部門に配属したよ」

レタスを積んだ小型トラックとすれ違った。

「その彼は、仕事も真面目に？」

「まあ、そつなくこなしてたな。やがて久美も生まれ、安明には営業部門を任せることにしたよ。肩書きも常務取締役にした」


♪


県道26号に出た。信号のあるT字路を左に。葉山に向かう。2、3分して匠が口を開いた。

「……ところが、5年前、洋子が乳癌を発症してしまった。あまり楽観できない状況だった……」その声のトーンが少し落ちた。

「その頃、私は65歳になっていた。会社には、ベテランの家具職人たちがいるから、もう自分は引退してもいいかなと思った。そうして、洋子の看病に専念したいと思った」

「……で、会社から身を引いた？」ステアリングを握って僕が訊いた。

「ああ、安明に社長の座をゆずり、私は会社から完全に身を引いたよ。顧問にも何もならなかった」と匠。前を三崎《みさき》水産の軽トラがゆっくり走っているが、片側一車線なので追い抜けない。

「……しかし、洋子は闘病もむなしく死んでしまった。4年と3カ月前だ。洋子の母親、つまり私の妻のミチヨも、子宮癌を発症して50歳でこの世を去っている。遺伝的なものかな……」と匠。つとめて平静な口調……。

「……その後、会社は？」僕は話を変えた。

「安明は、会社の近くにマンションを買って住みはじめた。そして、あいつは変わった……」


♪

前を走っていた軽トラが、左折していなくなった。僕は、車のスピードを少し上げた。

「……変わった……」と僕。

「というより、メッキが剝《は》がれたというのが正しいかな」と匠。「安明のやつは、梶谷家具を全く変えてしまった。私がいなくなったのをいいことに」

「というと？」

「これまで使っていたウォールナットやマホガニーなどの高級木材を、台湾あたりから輸入されたラワン材や、マホガニーもどきの偽物に切り替えてしまった。さらには、ベテランの家具職人たちをみんな解雇した」

「……クビに……。という事は、大量生産に？」

「簡単に言ってしまえば、そうだな。それまでの梶谷家具は品質の高さを誇っていたが、安明は安物家具の大量販売に切り替えてしまったんだ」匠は言った。

僕は、あの〈魚竹〉のおばさんが言ってた事を思い出していた。〈梶谷家具って有名だったんだ〉と訊いた僕に、〈……タクミさんが引退してからは、ちょっとね……〉と……。

「安明は、家具作りには素人だから、そんなやり方しかなかったのかな……。ひたすら儲けを追求した……。馬鹿なやつだ」匠が、つぶやいた。車は、引橋《ひきばし》の信号を過ぎ、国道134号に入った。

「で、その後は？」

「それでも、しばらくはなんとかなっていたようだ。安明は国産車をベンツに乗り換えたらしい」

「それなりに、なんとかやってた……」

「1、2年は……。そして、洋子の死から2年後に、あいつは再婚したよ」

「それは、久美から聞いたよ。あの子が言ってた、その相手が〈クソババア〉だと」

僕が言うと、匠は声を上げて笑った。

「久美らしいな。安明が再婚したのは、あいつが入り浸《びた》ってた六本木だかどこだかのクラブで働いてた女で、どうしようもない相手だった。一度だけちらっと会った事があるが……」

「財産目当て？」

「まあ、そうだな。ひと目で整形したとわかる顔で、料理も洗濯も何も出来ない女だった。安明のベンツと社長の肩書きに喰いついたんだろうな」匠は、苦笑いした。

「安明が再婚した頃から、久美はほとんど私の所で暮らすようになった」

僕は、うなずいた。久美が言う〈クソ親父〉に愛想をつかしたという事らしい。

「そして、再婚後しばらくすると、安明の会社は急坂を転がり落ちはじめた」

24　ピンク・フロイドを餌にして

「あのボブ・ディランの曲に、〈Like A Rolling Stone《ライク・ア・ローリング・ストーン》〉というタイトルのやつがあるだろう」と匠。

僕は、うなずいた。直訳すれば、〈転がる石のように〉というところだ。

「会社が、転がる石のように？」訊くと、匠はうなずいた。

「安明が再婚したあたりから、会社はひどく評判を落としはじめた。粗悪品の家具を返品されたり、販売店から取り引きを停止されたり……。まあ、狭い業界だから、そんな噂が次々と耳に入ってきたよ」

と苦笑しながら言った。

「世の中で信用を得るには長い年月が必要だが、信用を失うのはほんの一瞬だ。まあ、身から出たサビっていうやつかな……」つぶやいた匠。車は、また少しスピードを上げた。左に、荒崎《あらさき》入口が過ぎる……。

「で、会社は危なく？」

「ああ……。残っていたましな社員もみな辞めていったようだ。去年の秋には、自転車操業の末に不渡り手形を出したらしい」

「そこまで……」と助手席の涼夏。

「今年に入ってから、私のところに金融機関の人間がやってきた。安明は姿をくらまして、行方が知れないという。そこで、安明の会社がかかえた負債について私に談判にきた」と匠。「だが、私は会社を安明にくれてやってたし、株主にさえなっていない。金融機関の人間も諦めて帰っていった。だが……」そこで、匠は言葉を切った。

佐島が近づいてきた。

♪

「つい最近の事だ、久美の周辺に怪しい連中がうろつきはじめたんだ」

「その連中は？」と僕。

「安明の会社に最後までいた男をつかまえて訊きただすと、あいつはまともな金融機関だけでなく、いわゆる街金融の業者からも金を借りていたようだ」

僕は、大きくうなずいた。それで、おおよその想像がつく。

「安明本人も女房も、とっくに姿をくらましている。その後、どうやって調べたかわからないが、安明に娘がいる事を金融業者が嗅ぎつけたようだ……」

「なるほど、久美をつかまえて訊けば、親父の居場所がわかるだろうと？」と僕。

「まあ、それしか手掛かりがないのかもしれない」

「……そこで、学校帰りの久美をつかまえようとしてるんだな」僕はつぶやいた。最近の展開が、ほとんどわかった。やがて、秋谷を過ぎる。葉山は、もうすぐだ。

♪

「あれか」僕は言った。車のスピードを落とした。

午後3時過ぎ。葉山小学校の校門。その近くにシルバー・グレーのレクサスが駐まっていた。

窓はスモークになっている。乗っているやつらの顔は見えない。こちらの車が近づいていく……。それに気づいたレクサスはゆっくりと動きはじめた。けれど、僕は走り去ろうとしているレクサスのナンバーを読む。ダッシュボードから出したメモに走り書きした。

匠が、スマートフォンで久美を呼んだ。3分後、久美が早足で校門から出てきた。僕の車に乗った。さすがに、その表情が少し硬い……。

♪

「ピンク・フロイドのLP盤があるけど、これでどうだ?」僕は、電話口で言った。午後5時。葉山警察の巡査、常盤と話していた。彼は、警官なのに超ロック・ファン。特に古いロックには目がない。

「ピンク・フロイドを餌にしたのはいいが、何が望みだ、哲也《てつ》」と常盤。

「たいした事じゃない。車のナンバーから持ち主を洗い出してくれないか」

「そりゃ、たいした事だよ。これでも前途有望な警察官なんだ。そんな事できるわけないだろう」と常盤。

「ケチ」

「そういう問題じゃないよ」と常盤は苦笑いしている様子。「まあ、それは無理だな」と言った。

「やれやれ」僕はつぶやきながら、缶ビールをぐいと飲んだ。

♪

翌日。午後3時過ぎ。

「リップクリーム？」僕は、助手席にいる久美に訊き返していた。

今日、匠は横浜に行っている。あのロッキング・チェアーを修理する。そのため、ウォールナット材を選びに行っている。

楽器店には、涼夏の親友のタマちゃんが来て、二人はショートケーキを食べながら話している。なので、僕が一人で久美を迎えに小学校に来ていた。

今日、あたりに怪しい車はいない。僕は久美を乗せて走りはじめたところだった。

ふと、1週間後が涼夏の誕生日なのを思い出す。もちろん、何かプレゼントをしようとは思っていた。が、何か欲しい物はないかと訊いても、〈別にない。哲っちゃんと暮らしていられれば、それでいい〉としか言わないのだ。もしかして、妹のように思っている久美になら、何か話してるかもしれない……。そう感じて、訊いてみた。

「涼夏のやつ、誕生日に何か欲しい物あるかな……」すると、

「新しいブラジャー」と久美が言った。僕はステアリングを切りそこねるところだった。

「冗談、冗談」と久美。しばらく考えている。そして、

「もしかしたら、リップクリーム」と言った。

「リップクリーム？」と僕。久美は、話しはじめた。

「ほら、哲っちゃんのところに泊まった事あるじゃない。あの日、わたしがリップつけてると、涼夏がじいっと見てた……」と言った。確かに、久美はごく薄い色のリップクリームをつけている。その年なりのお洒落なのだろう。けれど、涼夏は化粧品のたぐいを何も持っていない。いつもスッピンだ。

「もしかしたら、リップでもあげれば喜ぶかも……」と久美。僕は、ステアリングを握ってうなずいた。


♪

2日後。午前10時半。

「哲っちゃん、旭屋に寄るのよね？」と助手席で涼夏が言った。これから、匠と久美を乗せて油壺に向かうところだった。

「旭屋、了解」と僕は言った。3日前、油壺で則子と話していたときの事を思い出していた。話題が、彼女の学生時代になった。ヨット部。そして、葉山で合宿……。

僕らが葉山から来たと言うと、「懐かしいなあ……」と則子。「森戸海岸？」と僕が訊くと、

「それもだけど、旭屋のコロッケとパン」と則子が言ったのだ。石原裕次郎も好きだったという旭屋のコロッケ、そしてパン。それを葉山で合宿してるヨット部の学生が買うのは、しょっちゅう見かける光景だ。次に来るとき、ぜひ買ってきてと則子に頼まれていたのだ。

僕らは、旭屋でコロッケとパンを買った。そして、匠の家に寄って匠と久美を乗せた。車に乗るなり久美が、鼻をピクピクさせ、「あ、旭屋のコロッケ」と言った。やはり葉山育ちの子だ。

♪

「夕方までには終わるよ」と匠。小さめの工具箱を開いた。

油壺。則子の住む別荘に着いて10分後だった。

匠は、長さ50センチほどのウォールナット材を何本か取り出した。ロッキング・チェアーの脚を修理しはじめた。則子と久美は、コロッケパンをかじりながら、それを眺めていた。僕も、何気なく匠の作業を見ていた。

すると、ある事に気づいた。匠が工具を使っているその手の動きが、一流ミュージシャンのそれに共通するものだと……。

すぐれたミュージシャンの手捌《てさば》きはとにかく無駄がなく、流れるようにスムーズだ。それが、いまロッキング・チェアーの修理をしている匠の手捌きにも感じられた。

確かに、ただ者ではない……。

♪

「これ、さわっていいかな？」僕は、壁ぎわに置いてあるギターに近づいて、則子に訊いた。

「ああ、全然かまわないわ。彼がよく弾いてたものだけど」と則子。

僕は、そのアコースティック・ギターを手にした。かなり使い込まれたマーチンの、HD-28だった。僕は、それを膝にのせた。さらっと弾いてみる。さすがに弦のチューニングはまるで合っていない。が、チューニング・メーターはない。僕は、涼夏を見た。

「1弦、E、よろしく」と言った。ギターの1弦をオープンにして弾くとEの音だ。僕が、1弦をはじくと、

「かなり低い」と涼夏が言った。それは、僕にもわかっていた。ペグを回し、弦のテンションをじりじりと上げていく……。急に上げたら弦が切れてしまうからだ。

その音を聴いている涼夏が、「……いまは、C♭……」と言った。僕は、うなずく。ゆっくりと弦のテンションを上げていく。

「Dまで上がった」と涼夏。あと1音……。僕は、さらに慎重にペグを回す。

「あと半音……」と涼夏。そして、「Eのちょい手前……」僕が、ペグをほんの1ミリ動かし弦をはじくと、涼夏がうなずいた。Eにフィックスしたようだ。

匠が、手を止めて僕らを見ている。「彼女には、絶対音感があるのかな?」と訊いた。僕は、うなずいた。

「そうみたいだ」と言った。則子も、「それってすごい……」とつぶやいた。
「近眼な分、耳がよくてね」と僕は答えた。次の2弦をBにチューニングしていく……。

♪

「オーケイ」と僕。6弦全部のチューニングを終えた。そして、
C……E_m……A_m……。さらりと弾く。
E《エリック》・クラプトンが、ライヴでやった〈虹の彼方に〉。そのちょっとブルージーなイントロの感じを出して弾いてみる……。4小節のイントロが、G_7で終わる……。僕は、涼夏に目で合図した。〈歌ってみる?〉と……。
涼夏が、遠慮がちに歌いはじめた。というより、小声で口ずさみはじめた。冷やしたミネラルウォーターのような涼夏の声を、則子がじっと聴いている……。
入江のかすかな波音が、涼夏の歌声とデュエットしていた。

♪

午後4時過ぎ。

「こんなものかな……」と匠が言った。どうやら、修理が終わったらしい。則子を見て、「かけてみて」と言った。則子は、ロッキング・チェアーに、そっとかける。軽く前後に揺らす……。そして、「完璧、素晴らしい……」とつぶやいた。それは、心からの言葉に感じられた。則子は、チェアーから立ち上がる。

「なんとお礼を言ったらいいか……」と匠に言った。

「礼なんていらないよ。この前も言ったように、アフターサービスという事で」と匠。

「でも、それじゃ……」と則子。「と言っても、お金を払うのは違う気がするし、どうやってお礼をしたら……」とつぶやいた。匠は、しばらく無言で何か考えていた。やがて、

「もしよければ、私から一つお願いがあってね……」と口を開いた。

25　カムバックには、まだ遅くない
「復元させる？」と則子。匠は、うなずいた。

「そのロッキング・チェアーは、復元できた。そこで、もう一つ復元させたいものがあってね」

「それは？」

「あそこに置いてあるヨットさ」と匠。窓の外を見た。

「あのヨットを？」と則子。

匠が、ゆっくりとした口調で話しはじめた。彼は、則子が出してくれたクアーズを飲みながら静かに話す……。涼夏に、レコード会社から声がかかっている。これからじっくり育てて、いずれはシンガーとしてデビューさせる可能性を探りたいと……。そのために、本人の声に合ったギターを特別に作りたい。

そんな事情を匠が説明した。則子は、うなずきながら聞いている。

「……確かに、彼女、聴いたことがないほど透明な声してる……」と涼夏を見てつぶやいた。

「あの声を活かすためには、極限まで繊細な音が出るギターを特別に作る必要がある。マホガニーという素材を使って……」と匠。「そこで、あそこに置いてあるマホガニー製のヨットを使えないだろうか。もし、出来ればの話だけど……」と言った。

「という事は……あのヨットを、解体してギターに?」と則子。

「ああ……そういう事になるね」匠は言った。則子は、クアーズを注いだグラスを手にして話を聞いている。匠は、その則子をまっすぐに見た。

「あのヨットは、見たところ、ただ朽ちかけてあそこに置かれているようだ。それはそれとして、もう一度、あれに命を吹き込むのはどんなものかな……」と言った。

「もう一度、命を……」

「そう……。あのヨットに使われているマホガニー材……。あれが朽ちたままではなく、ギターに形を変えて、また現役にカムバックするとしたら、どうだろう……。まだまだ遅くはないと思うのだが……」匠は、静かな声で言った。

♪


スピーカーから、ビートルズの〈In My Life《イン・マイ・ライフ》〉が流れはじめた。

「……言うまでもなく、あのヨットにはいろいろな思い出があるわ……」と則子。匠も僕も、うなずいた。

「それは、充分にわかってるよ。ご主人のフレッドやお父さんとの素晴らしい思い出があるのは……」と匠。クアーズで、ノドを湿らす。

「……だけれど、思い出の中で生きるには、あなたはまだ若過ぎるように思うんだが……」と言った。則子が、伏せていた視線を上げて匠を見た。窓から入る夕方の陽射しが、クアーズのグラスに揺れている……。

「過ぎた日を振り返る事も大切だが、前を向くのは、もっと大切だと思うけれどね……」匠が、微笑しながら言った。〈In My Life〉が、ゆったりと流れている……。やがて、

「わかったわ……。しばらく考えさせて」と則子。クアーズをひと口……。

「1週間以内に返事をするわ」と言った。

♪

涼夏の16歳の誕生日。夕方の5時過ぎ。
二階にある彼女の部屋で、ギターを教えていた。〈虹の彼方に〉……。その、CとEm
までは、なんとか弾けるようになった。
その次は、問題のFだ。ギターの6弦は取っ払ってある。それでも、初めて押さえる
Fは、そう簡単ではない。涼夏は、左手の幼く細い指でギターのフレットを押さえた。
そして右手の指でFのコードを弾いてみる。
が、小指がうまく弦を押さえられていない。少し濁ったコードが響いた。
「あちゃ……」と涼夏はつぶやいた。
「まあ、あせらずやれよ」
僕は言った。窓から入る夕方の陽射しが、ギターの弦を銀色に光らせている。
そのときだった。着信音。僕のスマホに、メールが来た。
僕は、それを見た。ニューヨークにいる涼夏の親父さんからのメールだった。彼女の

視力が弱いから、僕にメールがきたのだろう。

それを開く。〈ご無沙汰〉からはじまっている。〈涼夏に、誕生日おめでとうと伝えてくれないか？　あと、毎月の生活費とは別に、100ドルほど送金しておいたから、何かプレゼントを買ってやって欲しい〉そんな簡単とも言えるメールだった……。

「メール？」と涼夏。僕は、うなずいた。

「ニューヨークのお父さんから」と言った。

「なんて？」と涼夏。僕は、ゆっくりとうなずいた。スマートフォンの画面を見たまま、

「……まず、涼夏に誕生日おめでとう。ニューヨークは、ひどく暑いよ。葉山は、どう？　……涼夏は、元気にやってるかな？　眼の具合はどうだろう？　……心配してるよ。こちらの仕事は忙しくて、プレゼントを買う時間も取れなかった。申し訳ないと涼夏に伝えておいてくれないか？」と口に出す……。そのときだった。

「哲っちゃん、ごめん。無理しなくていいよ。……それって、創作してるよね」と涼夏が言った。


♪

僕は、無言……。涼夏の能力を忘れていた。聴力が超越していい上に、人が口にした言葉が本当かどうか、かなりの確率で見破る事が出来るのだ。心の眼というのだろうか……。

「哲っちゃん、ありがとう。わたしを悲しませたくないのはわかるけど……。お父さん、そんな親切なメールをくれる人じゃないから……」

僕は、無言……。

「わたしが子供だった頃も、誕生日なんていつも忘れられてた。何より仕事と出世が大切な人だから……」涼夏は言った。しょうがない。僕は、いま来たメールの内容を、ありのままに話した。涼夏は、少しうつむいて聞いている……。

♪

「でも……この前、思ったわ」ふと涼夏が口を開いた。僕は、彼女の横顔を見た。
「ほら、油壺から戻ってくるとき、久美ちゃんのお父さんの事を聞いたじゃない？」
「ああ……あのクソ親父か……」と僕は苦笑い。
「あんなお父さんと比べたら、うちのお父さんの方が、少しはましなのかな……。そう思う事にしたんだ。たとえ100ドルでも、送ってくれるだけまし……」

涼夏は、つぶやいた。無理やり、笑顔を作っている。けれど、その瞳には涙があふれている。やがて、ひと筋、頬につたった涙が夕方の陽射しに光った……。

僕は、ふと思い出していた。

僕らが久美と出会って間もない頃だ。久美が8歳のときに、お母さんが亡くなったと聞いた、そのときのこと……。〈あの子、きっと、わたしより悲しい……〉と涼夏はつぶやいた。

母親に半ば見捨てられた自分の気持ちより、母親に死なれた久美の気持ちを思いやる……。そんな涼夏の事を僕は思い出していた。その心の温かさと優しさを……。

僕は、涙ぐんでいる涼夏の肩をそっと抱いていた。

♪

5分後。

「これ……」僕は言った。小さな包みを出した。そして、

「つまらない物だけど、誕生日だから……」と言った。涼夏は、頬の涙をぬぐう。

「え？　プレゼント？　……嬉しい……」とつぶやいた。その包みを開けた。中身を顔に近づけて見る……。

「リップ……」とつぶやく。そして、小声で、「ありがとう……」と言った。

それは、久美のアドバイス通り、葉山町内のドラッグストアーで買ったリップクリームだった。久美がつけているのより、やや濃いピンクだ。涼夏は、それを顔の前10センチでじっと見つめている……。その目が少し寄っている。そして、ちょっと恥ずかしそうな表情になった。

「あの……」とつぶやいた。

「ん？」と僕。

「あの……哲っちゃん、塗ってくれる？」と言った。

♪

アゴを上げた涼夏の、長いまつ毛に、淡い夕方の陽射しが光っている。

僕は、リップクリームを手にした。涼夏は、ベッドの隅に腰かけている。目は閉じて、顔は少し上向き……。

女の子の唇に、口紅やリップクリームを塗るなんて、初めてだった。けれど、唇を少し開いてくれないと上手く塗れないのはわかる。

「ちょっと、唇を開いて」と僕は言った。涼夏が、そっと唇を開いた。

僕は、リップクリームを塗りはじめた……。ゆっくりと、ゆっくりと塗っていく。涼夏は、相変わらず目を閉じていた。その唇は、1、2センチ開いている。ふと気づけば、なぜか彼女の頬が赤くなっている……。

僕は、ふと手を止めた。そのとき、

「……哲っちゃん……」ささやくように涼夏が言った。そして、

「……なんか、哲っちゃんとキスしてるみたいな気分……」と、少し無邪気につぶやいた。

どきりとした……。実は、僕も似たような気分になっていたのだ。無防備に、少し開いた唇を突き出している……そんな彼女の姿に、気持ちが揺れるのを感じていた……。

やばい……。僕は、つとめてクールダウン。

「……いい感じ？」さらりと訊いた。

「なんか、ふわっとした幸せな気持ち……」涼夏が小声で言った。

僕は、うなずく。リップを持ちなおし、またリップの先で彼女の唇にそっと触れた。あたりが真空になったたような、ひたすら静かな黄昏……。真名瀬の砂浜から、かすかな波音が聞こえていた……。

♪

匠から連絡がきたのは、3日後だった。
「彼女が同意してくれたよ。あのマホガニーのヨットを提供してくれるという」

26　いま再びの進水式

「じゃ、いよいよギター作りか……」僕は、スマートフォンを握って言った。

「そうだな。工具の準備などがあるので、3日後から油壺に行くよ」

「向こうに、泊まり込む？」

「ああ、こっちにいると、訳のわからない連中が押しかけてこないとも限らない。そんなゴキブリの相手をする気はない。彼女が、泊まってくれていいと言うから、久美も連れて、しばらくは油壺暮らしだ」

「久美も……」

「ああ、きのうで学校が終わったから、油壺で夏休みだな」と匠。僕は、うなずいた。

「向こうでギターを作るとなったら、工具がかさばるから、また君の車を出してくれないか」

「了解」

♪

「確かに、けっこうな量の工具だな……」僕は、つぶやいた。

3日後。朝の10時過ぎ。匠の家の前に、車を停めていた。普通はドラムスやギター・アンプなど、バンドの機材を積むワンボックスに、匠の工具を積み込んでいた。

この前、ロッキング・チェアーを修理したときに比べると、工具の大きさが違う。一艘のヨットを解体して、そこからギターを作るのだから、当然かもしれないが……。

僕と匠は、そんな工具を車に積み込んでいる。涼夏と久美が、それを眺めている。やがて、

「……こんなものかな……」と匠がつぶやいた。ほとんどの工具を積み終えたようだ。

そのときだった。一人の男が、門の陰から姿を現した……。

♪

小太りの中年男。グレーのスーツ。ノーネクタイ。その顔には、不精ヒゲが……。

そして、目がとろんと虚《うつ》ろだった。その男は、匠を見る。

「……お義父《とう》さん……」と口を開いた。

という事は、匠のもとに婿養子で入った安明という男。久美が〈クソ親父〉と呼んでいる父親……。その男を見る久美の表情が、すでに硬い。匠は、彼をまっすぐに見る。

「安明か……。もう、お前に父親呼ばわりされる筋合いはないが……」と言った。

安明は、弱々しい視線を地面に落とした。

「すみません。けど……どうしようもなくなってしまって……」とつぶやいた。

「嫁のアケミはどうした」と匠。安明は、首を横に振った。

「……もう、連絡もとれなくて……」と言った。

「つまり、逃げられたわけだな。予想通りだが……」と匠。安明は、弱々しい視線を上げた。

「あと1週間で借金の一部でも返さないと、私はもう……」と安明。

「お前がどうなろうと、知った事ではない」と匠。「芝居がかった真似をしても、無駄だ。涙を見せたりするのも、土下座するのもやめておけ」と言った。

「でも……このままだと、私の命が……」と安明。力ない声で言った。

♪

「世のために必要な命とは全く思えないな。だが、あとあと化けて出られるのも、後味が悪い……」と匠。軽くため息をついた。

匠は、家に入る。5分ほどで戻ってきた。その手に何か書類を持っている。

「木材の倉庫を建てるために、いちおう入手しておいた土地が、300坪ほど葉山の長柄《ながえ》にある。これを担保にすれば、銀行からそこそこの融資がうけられるだろう」と匠。手にしているのは、その土地の謄本《とうほん》らしい……。

「お前の負債がいくらかは知らないが、とりあえずは、これでなんとかなるはずだ」

安明が、視線を上げた。〈もしかして、助かる？〉そんな表情だ……。

「……だが、これで融資をうけるには、条件がある」

「条件……」

「ああ……。横浜にある材木商の〈中田《なかだ》木材〉を知っているだろう？」と匠。安明は、かすかにうなずいた。

「あそこの倉庫で、材木の管理をする社員を探している。そこで一社員として働く。それが、この土地を貸してやる条件だ」

「一社員として……」

「そういう事だ。額に汗をし、材木の管理や出荷をするんだ。たまにはトラックの運転手も……」と匠。安明の表情に、戸惑いの色が浮かんだ……。

「そうか、この話に抵抗があるなら、この件はなしだな」と匠。持っていた書類を、真っ二つに破って地面に捨てた。

♪

「何をするんです！　お義父さん！」と安明。地面に落ちた書類を拾い集める。

「安心しろ。それはコピーだ。土地の謄本は銀行の貸し金庫にある。もし、〈中田木材〉で働く気になったら、連絡して来い。話を通してやる」匠は言った。

「さあ、行こう」と言った。久美が、柴犬のジョンを車に乗せ、自分も乗り込んだ。久美に向かい、安明は破れたコピーを握って、匠と向かい合った。

「……私の、何がいけなかったんでしょう……」とつぶやいた。

「お前には、言ってもわからないだろうな……。うまく世渡りしてきたつもりだろうが、それも終わりだ」と匠。ふと安明の手を見た。

「白くてぶよぶよした手だな。あぶく銭の勘定しかできそうもない……。男の手じゃないな……。もし〈中田木材〉の現場で社員として5、6年働いてみたら、少しはわかってくるかもしれないが……」

と匠。車に乗り込んだ。〈行ってくれ〉と僕に目で言った。僕は車を出した。サイドミラーの中で、安明の姿が小さくなっていく……。久美は、一度も振り返らなかった。

♪

「おっ、昼間からシャンパンか？」

僕は匠に言った。油壺に着いて30分。主な工具をヨットの近くまで運んだところだった。匠がクーラーボックスからシャンパンを取り出したのだ。

「これは、進水式のためさ」と匠。

「進水式？」僕は訊き返した。例のヨットは、いま古い船台にのったままだ。

「このヨットにとっては、また新しい出発をする事になるわけだ。だから、まあ第二の進水式というところかな?」匠は言った。手にしていたシャンパンを則子に渡した。

「進水式の習慣では、シャンパンを割る事もあるようだが、それはもったいない。そのかわりにこの栓を抜いてくれないか」と言った。則子は、シャンパンを眺める。

「テタンジェ……。偶然ね」

「偶然?」と匠。則子は、うなずいた。

「彼が、フレッドが生きていた頃、何かいい事があると、このテタンジェで乾杯したものよ」と言った。

「それは、ちょっとまずかったかな?」と匠。則子は、首をかしげ、3分ほど考える……。やがて、心を決めたように、「……いいわ」とつぶやいた。

テタンジェのボトルを持った。そのボトルを少し振る。そして、ゆっくりとコルクの栓を抜く……。ポンッという乾いた音。コルクが飛び、シャンパンが勢いよく吹き出した。白い泡が真夏の陽射しに輝いた。

そのとき、僕はふと思った。栓を抜かれたシャンパン。それは、思い出に閉じこもってきた則子のこれまでの18年ではなかったのか……。

月並みな言い方だが、止まっていた彼女の時間が、また動きはじめたのではないか……と僕は思った。

♪

「気をつけた方がいいぜ」と僕。「へたすると腰でも痛める」と匠に言った。ヨットの甲板《デッキ》に、工具を運び上げているところだった。

「何回も言うが、年寄り扱いするんじゃない」と匠。

「だって、年寄りじゃないか」

「ほっといてくれ。まだ青くさいギター少年に、なんだかんだ言われる筋合いはない」

「もう21歳だよ。ギター少年はないだろう……」

「じゃ、ギター坊やか？」

「この爺《じじ》い……。おれには、哲也っていう、ちゃんとした名前があるんだけどな」

そんな匠と僕のやりとりを、則子が笑顔で見ている。出会ってから初めて見た彼女の笑顔のような気がした。

♪

「シーズニングは問題なしか……」匠が、マホガニー材を手にしてつぶやいた。僕も手伝い、ヨットの艇体《ハル》から、木の一部を切り出したところだった。

「シーズニング……」と僕。匠は、うなずいた。

「言うまでもなく、樹は大地に根をはっている。それを伐採しても、水分を含んでいてそのまま木材として使うわけにはいかない」

「そりゃそうだ。で、乾燥させる？」

「ああ、家具作りに使う木材にしても、ギターなどの楽器に使うにしても、まずは乾燥させなきゃならない。その乾燥する工程をシーズニングというんだ」と匠。「このヨットは、18年近く、陽射しに晒《さら》されてここに陸置きされていたという。だから、シーズニング、つまり乾燥は十二分にされているようだ」と言った。

「じゃ、このまま使える？」

「まあ、特によく乾燥している、質のいい部分を使うことになるだろうが……」匠は、言った。ごつごつと節くれだった手で持ったマホガニー材を、じっと見ている。その目つきがすでにプロのものだった……。真夏の陽射しが、その白髪に光っている……。

♪

クラッシュ・シンバルの軽く鋭い音が響いた。

陽一郎が、14インチのシンバルを叩いて、曲のエンディング。ギターやベースの残響が、スタジオの壁に吸い込まれていく……。

油壺から帰って3日目。横須賀。〈シーガル・スタジオ〉。

僕らは、録音をしていた。ウインド・サーファーの木村彩子。彼女のDVDに使う曲をレコーディングしているところだった。サイパンで撮影してきた彩子の映像。その中でも、彼女のアップを撮ったもの。そのBGMとして挿入されるバラードをレコーディングしていた。

髪にハイビスカスを飾った美しい彩子の映像に合わせて、あの〈You Are So《ユー・アー・ソー・》 Beautiful《ビューティフル》〉を演奏した。

3テイクほど録音したところで、スティックを持った陽一郎がふと口を開いた。

「哲也《てつ》、少し変わったな……」と言った。

27　そのテレキャス、歌ってるぜ

「変わった？　腕が落ちたか？」僕は、テレキャスターを肩に吊ったまま訊いた。

「そうじゃないよ」と陽一郎は苦笑い。

「以前より音数が少なくなった感じがするけど、その分、音が深くなったっていうか……」と言った。ベースの武史もうなずいた。

「おれも、同じ事を感じてたな……。ギターを弾いてるっていうより、なんかギターで歌ってるみたいな感じで……。ちょっと、よかったぜ」とつぶやいた。

「そうか？」と僕。はっきりした自覚はない。何かが、自分の中で変わってきているのだろうか……。正直言って、それはよくわからない。

「まあ、哲也君も多少は成長したって事にしておくか」と陽一郎が笑いながら言った。

翌日の午後だった。〈ブルー・エッジ・レーベル〉のプロデューサー、麻田から電話がきた。

♪

「涼夏ちゃんは、元気にしてるかな？　それと、例のギターの件は、どう？」

僕は、現在の状況をさらりと話した。そばでは、涼夏がワッフルを食べている。

「……古いヨットからギターか……。面白い。そのギターが出来上がりしだい、ぜひ音を聴かせてくれ」と麻田。そして、「ところで、これは別件なんだが……」と言った。

♪

「山崎唯？」僕は、思わず訊き返していた。ワッフルを食べている涼夏の手が止まった。

「ああ……。以前に一度、彼女の名前が出たよね。アイドル時代の彼女のレコーディングに、君のお父さんが参加してたという事で……」僕は、うなずいた。

「あの山崎唯が、アイドルを卒業して、ジュリアードに留学した。そして帰国して音楽活動を再開してるのは、知ってると思うけど……」

「ああ……。彼女のライヴに行ったよ」

「そうらしいね。うちのプロデューサーが、そこで君を見かけたと言ってたから」

「〈ブルー・エッジ〉のプロデューサーが……」僕は、つぶやいた。

「そうなんだ。うちにも、彼女に注目してるプロデューサーがいてね」

と麻田。僕は、無言でうなずいた。唯が、父のための花を持ってうちに来てくれたとき、僕は訊いた。〈レコード会社から声はかかってる?〉と……。すると、〈まあね……〉と彼女は言った。その〈まあね……〉の中に、麻田の〈ブルー・エッジ〉があるらしい。

「彼女を、〈ブルー・エッジ〉からデビューさせるとか?」僕は訊いた。

「それはまだわからない。ただ、デモCDぐらいは作ってもいいんじゃないか……という声は、社内で挙がっている。そこで、同僚のプロデューサーが彼女と打ち合わせをしてるんだが……」と麻田。

「もし試しに録音するとして、彼女の方から希望するサポート・ミュージシャンの名前が挙がってる。その中に、君も入ってるんだ」と言った。

♪


「なぜ……」と僕。

「それは私にもわからない。これは想像だが、彼女が君のお父さんが弾いたギターをすごく気に入ってて、その血筋にこだわって……とは考えられる」と麻田。ひと息……。

「涼夏ちゃんの場合は、16歳という彼女の年齢からして、2年先ぐらいのデビューというのを視野に入れている。彼女が書いた詞もいずれ見てみたいし……」

「詞か……」僕はつぶやいた。

「けど、山崎唯の場合、いま21歳。すでに、作詞作曲したものが50曲ぐらいあるらしい。話が順調に進めば、来年あたりにCDデビューという可能性がなくもない。そこで、いちおう君の耳にも入れておこうと思ったんだ」

麻田は言った。僕は、スマートフォンを耳に当ててうなずいた。


♪

「……唯さんが、CDデビュー？」と涼夏が小声で訊いた。

「いや、決まった訳じゃないよ。そういう話は持ち上がってるみたいだけど」

僕は言った。麻田から聞いた事を涼夏に話した。

「唯さんの歌もピアノも、すごくいいものね……」と涼夏。小声で言った。

そして、唯が、サポート・メンバーの1人として僕の参加を希望している。その事も隠さず話した。涼夏は、かすかにうなずきながら聞いている。

話し終わったところで、彼女を見た。口をかすかに開いて、じっと話を聞いていた涼夏。その唇のすみに、食べていたワッフルのひとかけらがついている……。何かに気をとられているのだろう……。僕は、微笑する。

「唯の事は、あまり気にするなよ」

と涼夏に言った。その唇についているワッフルの食べかすを、つまみとってやった。

♪

その電話がきたのは、8月の中旬だった。暑い日で、僕と涼夏が近くのかき氷屋にいると、スマートフォンが鳴ったのだ。かけてきたのは匠だった。

「明日あたり、油壺に来られないか？　涼夏ちゃんを連れて」と匠。

「行けると思うけど」

「ギター作りに関して、彼女に頼みたい事があるんだ。1泊の予定で来てくれないか」と匠。

「了解」

♪

「ほう、かなり進んだな……」

僕は、つぶやいた。昼少し前。涼夏を連れて油壺に来たところだった。別荘のわきに小屋がある。以前はヨットの補修をするための道具や部品などが置かれていたようだ。

そこがいまは、ギター工房になっている。

工房には、マホガニー材が並んでいた。ヨットの艇体《ハル》から切り出したマホガニー材が、ずらりと並んでいる。幅は30センチほどだろうか。厚みは3、4センチ……。それを眺めて、匠が説明する。

「マホガニーの樹は、高さが20から50メートル。直径が2メートルはあるんだ」と彼。

「その原木《げんぼく》を伐採《ばっさい》し、カットして木材として使うんだが、原木のどこを使うかで違いが出る。たとえば根本に近いところを使うのか、上の方を使うか……。芯に近いところを使うのか、そうでないのか……」

僕と涼夏は、うなずいた。

「そして、家具やヨットなどに使うのなら、そういう事にひどく神経質になる必要はないだろう。けれど、楽器を作るとなると、そうはいかない。とても微妙だ」

「木の硬さとか……密度とか？　比重とか？」と僕。匠は、うなずいた。

「ああ、わかりやすく言えばそうだ……。ギターを作る場合は、可能な限り均質な素材を組み合わせて一台を作る必要があるんだ」

と匠は言い、涼夏を見た。「そこで、君の耳をあてにしてるんだ」

♪

コンコン！　乾いた音が、響いた。匠が、小型の木槌《きづち》を手にしている。それで、マホガニー材の1つを叩いたのだ。

涼夏が、それを聴いている。

次に、匠は隣りにあるマホガニー材を同じように叩いた。同じ音が響いた……。

「どっちの方が、音が高かった？」匠が涼夏に訊いた。涼夏は迷わず、「こっち」と言い、片方のマホガニー材を指差した。

そういう事か……。ミュージシャンをやってる僕でも、その音の違いはわからなかった……。

「たぶん、かなり音に敏感な人間、たとえばレコーディングをやるミキサーでも、いまの違いはわからないはずだ」と匠。「だが、彼女の超越的な聴力ならそれがわかると思ったんだ」と言った。

それで、匠は涼夏を連れてきてくれと……。僕は、胸の中でうなずいていた。

♪

「ほんと、お姉さんと妹みたい」と則子。アイスティーを持って言った。

午後2時過ぎ。マホガニー材の選定はひと休み。

涼夏と久美は、波打ちぎわで遊んでいた。二人ともワンピースの水着姿だ。身長や体形は違う。ずっとここで過ごしている久美の方がより濃く陽灼けしている。

けれど、入江の浅瀬で遊んでいる二人は、確かに姉妹のようだった。

僕らは、別荘の前のベランダでそれを眺めていた。久美の弾んだ声が聞こえてくる。

真夏の陽射し。風に漂うシオカラトンボたち……。あたりの木立からは、セミの鳴き声がシャワーのように降り注いでいる。


♪


夕方の5時過ぎ。僕は、別荘のベランダでビールを飲みはじめていた。

則子は、キッチンで夕食の支度をしていた。そばでは匠が手伝っているようだ。

やがて、シャワーを浴びた久美が髪を拭きながら、ベランダに出てきた。涼夏は、まだシャワーを浴びているらしい。

僕は、夕食の支度をしている則子と匠に声をかけようとした。支度を手伝おうかと……。すると、久美が唇に指を当てて、「しーっ」と言った。そして、僕に小さくウインク。

「あの二人、いい感じなんだから、そっとしておいて」と言った。

〈このませたガキ……〉僕は、心の中でつぶやく。けれど、同時に思っていた。確かに、匠と則子は、かなり親しげだ。年齢はかなり違うけれど……。

そして、二人とも、とっくに配偶者を亡くしているわけだし……。僕が、そこまで考えたときだった。

「ねえ、哲っちゃん」と久美。僕を見て、「従兄妹同士って、セックスできるの？」と訊いた。

28　僕らは、いつか、ある線をこえるのだろうか

僕は、飲んでいたクアーズを吹き出しかけた。

「え……」とつぶやく。久美は、平静な顔。

「だから、従兄妹同士って、キスしたり、セックスしたりしてもいいの？」と言った。

12歳の女の子から、〈セックス〉などという言葉が飛び出すとは……。

少しませたガキだとは思ってたけれど……。僕はかなり意表をつかれていた。深呼吸……。

「え？　それって、おれと涼夏との事か？」と言った。久美は、うなずく。

「そう、涼夏は哲っちゃんの従妹じゃない。で、従兄妹同士ってどうなの？」と言った。

僕は、また深呼吸……。ちょっと苦笑い……。

「あのね、従兄妹同士ってのは、結婚もできる事になってるの」と言った。

「じゃ、セックスもオーケー？」

「当然だろう」僕は言った。久美は、しばらくうなずいている。

「で、哲っちゃんは、やりたいの？」僕はまた、飲みかけたクアーズを鼻から吹くところだった。

「そんな事、お前さんみたいなガキに言う必要ないね」と言った。久美は、軽くうなずいた。そして、

「……でも、涼夏は待ってると思うよ」と口をとがらせて言った。

「待ってる？」

「そう、涼夏は哲っちゃんの事が好きなんだよ。見てるとわかる」と久美。さらに、

「この前、お風呂で見たけど、おっぱいも、ちゃんとふくらんでるし……」

僕が何か言おうとしたとき、涼夏が髪を拭きながらベランダに出てきた。そこで、久美との話は打ち切り。シャワーを浴びた涼夏は、体にピタリとしたTシャツを着ている。

僕の目は、思わず彼女のバストに……。やばいな……。

「それじゃ、おやすみ。明日も木の選定よろしくね」と匠が涼夏に言った。

夜の10時半だ。則子は夕食の片付けをしている。久美がそれを手伝っている。

僕と涼夏は、二階へ上がろうとしていた。


♪


二階には、3部屋ある。まず則子の部屋。隣りに、匠と久美が泊まっている部屋。

そして、もう1部屋が僕と涼夏に用意されている。僕らは、二階に上がろうとした。

すると、久美が振り向いた。意味ありげに、僕にウインクしてみせた。〈このガキ……〉

僕は、心の中でつぶやいた。

とはいえ、子供だった頃は別にして、涼夏と同じ部屋に泊まるのは初めてだ。いやでも意識してしまう……。


♪

部屋には、ツイン・ベッド。海辺の別荘らしいシンプルな部屋だった。枕元には小さなスタンド……。

「哲っちゃん、ちょっとむこう向いてて」涼夏が言った。いつも寝巻きにしているダブっと大きなTシャツがある。それに着替えるのだろう。

僕は、窓に近い方のベッドに入る。涼夏の方には背を向けた。ところが、僕が顔を向けた方にある窓ガラスに、涼夏の姿が映っている。

彼女は、むこう向き。着ていたTシャツを脱いだ。つけていたブラもとった。はいていたデニムのショートパンツも脱ぐ。下着のショーツだけになった。そして、寝巻きのダブっと大きなTシャツをかぶった。

そっと、もう片方のベッドに入り、「哲っちゃん……おやすみ」と言った。

「ああ、おやすみ」と僕。涼夏に背中を向けて言った。

けれど、頭の中には、さっきの残像が……。下着のショーツだけ身につけた涼夏の後ろ姿。細っそりしているが、きれいな裸の背中……。どうしても頭から離れない……。

それでも、少しずつ眠くなってきた。夕食後、匠とギターの話をしながら飲んだJ《ジャック》・ダニエルが眠気を誘ってくる……。


♪

夜中の3時過ぎ……。僕は、ふと目を覚ました。隣りのベッドで寝ている涼夏が、うなされているようだ……。少し苦しそうな寝息が聞こえる。

何か、悪い夢でも見ているのか……。

僕は、自分のベッドを出る。そして、涼夏のベッドに……。そばに体を横たえた。

彼女は、顔に汗をかいている。それが、小さなスタンドの灯りでもわかった。寝息が、かなり荒い……。悪い夢でも見てうなされているらしい。

僕は、彼女に寄り添う。片手で、その頬に触れた。頬は、汗で湿っていた。

「……どうした……」と小声で言った。やがて、寝息の間に、「哲っちゃん……」と涼夏がささやくような声で言った。まだ、半分は夢の中らしい……。そして、

「……哲っちゃん、置いていかないで……」と苦しそうに言った。

そうか……。僕は、心の中でうなずいた。あの麻田からきた電話……。山崎唯がテスト・レコーディングするかもしれない。その希望するサポート・メンバーに僕も入っている……。やはり、それに心を痛めていたのだろうか……。

いままではただ一人の家族である僕まで、彼女を置き去りにしていくのでは……という恐れ……。それに、うなされていたらしい。もしかしたら、彼女のもとを去っていく僕

の姿まで、夢の中で妄想してしまい……。

可哀想に……。僕は、涼夏の上半身をそっと抱いた。彼女が、うっすらと目を開いた。

「大丈夫。置いていったりしないさ」僕は、彼女の目を見て言った。涼夏が僕を見る。

「……哲っちゃん……」ささやくような小声で言った。そして、僕に抱きついてきた。

僕は、彼女の体を抱きとめた。

「……本当に?」と涼夏。

「……ああ、ずっと一緒さ……」僕は言った。

気づくと、僕らはベッドできつく抱きしめ合っていた。

熱を持った彼女の頬が、僕の頬に押しつけられている。

僕が抱きしめた彼女の体は熱く、汗で湿っていた。その体からは、ボディーソープと寝汗がミックスされた甘く切ない匂いが漂っていた。

薄いTシャツごしに、小さ目めだけどしっかりとしたバストの存在を感じる……。

僕の心拍数はどんどん上がっていく。ふと下半身が反応しかかっているのを感じていた。

やばいな……。僕は、いまの状況から気をそらそうとした。違う事を思い浮かべる……。

……〈スロー・ハンド AT 70〉というツアーでロンドン公演をしたE《エリック》・クラプトン。そのときのベースは、N《ネイザン》・イースト。ドラムスは、S《スティーヴ》・ガッド……。キーボードは、P《ポール》・キャラックだったっけ……。

そんな事を思い出し、必死で気持ちをそらす……。やがて、頭の中にクラプトンが間奏で弾いたフレーズが流れてきた。ゆっくりと、興奮がおさまっていく……。心拍数も、下がっていく……。

クラプトン効果だ。

気がつくと、涼夏は僕の腕の中で、静かな寝息を立てはじめていた……。

窓の外が、かすかに明るくなってきていた。真夏なので、夜明けが早いのだ。外の木立から、鳥たちのさえずりが聞こえはじめていた。

♪

うとうとして目覚める……。7時過ぎだった。

目を開くと、僕の腕の中に涼夏の顔があった。唇がかすかに開いている。あどけない寝顔は、穏やかだった……。その長いまつ毛に見とれていると、彼女がゆっくりと目を開いた。

「……おはよう……」僕は、涼夏の頰にそっとキスをした。

「……おはよう、哲っちゃん……」と涼夏。一瞬、僕の頰にキスを返した。そして、恥ずかしそうに、ふと視線をそらした。しばらくして……、

「あ、シャツが汗でびしょ濡れ……」と涼夏がつぶやいた。そっとベッドを出る。バスルームに入って行った。

ベッドは、彼女が寝ていた形に少しへこんでいた。朝の斜光がシーツのしわを際立たせている。僕は、そんなベッドをじっと見ていた……。あの、思い切り抱き合った感触が体に残っている。バスルームからは、涼夏が浴びているシャワーの音。

僕らは、いつか、ある線をこえてしまうのだろうか……。


♪

コン！　コン！　乾いた音が響いていた。

午前10時過ぎ。別荘のそばにあるギター工房。匠が、カットしたマホガニー材を木槌で軽く叩く。その音を、涼夏が聴く。そして、木の選定をしていく……。

「これは?」と匠。

「さっきのより少しだけ音が高い」と涼夏。そうやって、密度が均一なマホガニー材を選んでいる……。僕と久美は、それを眺めていた。やがて、僕はあくびをした。夜中3時過ぎに起きたので、かなり眠い。そばにいた久美が小声で、

「哲っちゃん、寝不足?」と訊いた。

「ああ、ちょっと……」と僕。

「ふうん……」と久美。何か、意味ありげな表情を浮かべている。

「なんか、変な想像してないか?」と僕。

「してるよ」と久美。「寝不足になるような一晩だったんだ……」と言った。僕は苦笑い。「勝手に想像してろ」と言った。久美はうなずく。

「うん、すごい想像してる」と言った。僕は、苦笑いしたまま……。


♪

昼頃。もう、マホガニー材の選定が終わったところだった。

別荘のベランダ。僕らは、則子が作ってくれたツナのサンドイッチを食べていた。

そのとき、匠のポケットで着信音。彼は、ポケットからスマートフォンを取り出す。

立ち上がり、「ああ、梶谷だが……」と話しはじめた。匠は、しばらく相手の話を聞いている。やがて、

「倒産した？」と口にした。

29 馬鹿者は、嫌いじゃない

匠の表情が、険しくなっている……。しばらく相手の話を聞くと、
「しかし、急な話だな……」とつぶやいた。また、相手が何か話してるらしい。匠は、うなずきながら聞いている。
「それで、もう製品はないのか？」と訊いた。また、相手が何か話している。さらに5分ほど話して、「……しょうがないな……。ご苦労さん」匠は小声で言った。通話を終えた。

♪

「ピックアップのメーカーが倒産した？」

僕は、訊き返していた。匠が、うなずいた。

「カリフォルニアのオークランドにあるメーカーが作ったピックアップをずっと使ってたんだ。家内工業のようにやってた小さなメーカーだが、とても質のいいピックアップを作っていた……。例のギターにも使ったものだ」匠は、過去形で言った。

「そこが、倒産？」

「ああ……。いま、そのピックアップを輸入してる代理店から連絡がきた。1週間ほど前に、ピックアップを注文しておいたんだ。その答えが、これさ」

と匠。さすがに、ちょっと肩を落とした。ピックアップは、弦の振動をひろいアンプに伝える部品。言うまでもなく、エレクトリック・ギターにとって最も大切なものの一つだ。

「あのピックアップが手に入らないとなると、どうしたものか……」

と匠がつぶやいたときだった。僕も、スマートフォンをとり出した。

「がっかりするのは、ちょっと待っててくれ」と言った。画面にタッチする……。

♪

「ああ、哲也君か」と俊之の声。

「とりあえず、急ぎの話をしたい」と僕。「オリジナルのピックアップを作ってるって、言ってたよな」と言った。ギターのカスタマイズをさせたら凄腕の木村俊之。その彼が、オリジナルのピックアップを作っている。そんな話を聞いたのは、しばらく前の事だ。

「そのピックアップは、完成した？」

「ああ、つい先週いちおう完成したよ。もうギターに装着してある。聴きにくるって人がいるから……」

「聴きにくる？　誰が？」

「ギター・メーカーの人間さ。どこかから私の噂を聞いて、聴きにくるというんだ」と俊之。あるメーカー名を口にした。僕は、肩をすくめた。二流、いや三流の国産メーカーだった。主にフェンダーのストラトキャスターそっくりだが、ひどく安物のギターを作っている。本物のストラトを買えない高校生あたりをターゲットにしているメーカーだ。

「あそこか……。ちょっとなぁ……」と僕。

「まあ、そうなんだけど、向こうが来るって言ってるから……」と俊之。相手が三流メーカーだとは知ってるらしい。

「で、いつ来る？」

「今日の午後3時の予定だ」と俊之。僕は、腕時計を見た。午後1時過ぎ……。

「どこで聴かせるんだ？」

「いちおう、私の仕事場の予定なんだけど」と俊之。「でも、ここじゃ、あまりにみすぼらしいかな……」と言った。僕は、うなずいた。俊之の仕事場は、アパートの一室だ。

「じゃ、うちの店でどうかな？　少しはましじゃないか？」と僕。

「ああ、それは助かるな」と俊之。「先方にもそう伝えるよ」

「了解。3時までには、店に戻ってるよ」僕は言った。スマートフォンをポケットにしまう。涼夏の肩を叩いた。

「とりあえず、葉山に戻るぜ」そして、匠を見た。「あとで連絡するよ」と言った。そのときだった。

「私も行こう」と匠が言った。立ち上がった。

「あんたも？」とつぶやいた僕に、

「面白そうな展開じゃないか。しかも、ギターに関する事らしいな。見過ごすわけにはいかない」と言った。言い出したら聞かない爺さん……。それはわかってる。「しょうがないな」僕は苦笑い。ポケットから車のキーを取り出した。

♪

「ほう、一流企業を辞めて、ギターをカスタマイズする仕事に……」と匠。後ろのシートで言った。葉山に向かって走りはじめて30分。木村俊之の事を、ごくさらりと説明したところだった。
「馬鹿な男だな……」と匠が苦笑いした。
「そう、大馬鹿……」と僕も苦笑い。ルーム・ミラーの中で、匠がうなずいた。
「だが……小利口《こりこう》なやつばかりがのさばるこの時代、馬鹿な人間ってのが私は嫌いじゃないんでな……」と言った。
僕はアクセルを踏み込んだ。〈鎌倉・葉山方面〉の道路表示が後ろに飛び去った。

♪

「こいつか……」僕は、そのギターを見てつぶやいた。

僕らが、葉山の店に着いたのが3時10分前。

すぐに木村俊之がやってきた。彼はギター・ケースを持っている。開くと、フェンダーのテレキャスターが出てきた。かなり年代物のテレキャス。よく言えばヴィンテージだ。

2つあったはずのピックアップは、きれいさっぱり取り払われている。そのかわり、見たこともないピックアップが1つだけ付いている。

ハムバッカー・タイプと思われるピックアップ。カバーの金属には、真鍮《しんちゅう》が使われているようだ。その真鍮色のピックアップは、両端がビニールテープでギターに貼り付けられている。いかにも、試作の途中という感じだった。

「とりあえず、音は出るよ」と俊之が言った。彼が、〈とりあえず〉と言うときは、かなり自信がある……。それを僕は知っていた。

そのとき、窓の外に人影。2人の男が店の入り口に近づいてくるのが見えた。


♪

彼らは、店に入ってきた。

1人は、四十代だろう。かなり薄くなった髪を、横分けにしている。少ない髪を、無理矢理、頭にへばりつけている感じで、バーコードのようだった。もう1人は、30歳ぐらいだろう。色白でひどく太っている。顔に汗をかいている。

3時とはいえ、真夏の陽射しが照りつけている。バス停から歩いてきただけで汗をかいたらしく、ハンカチで顔をぬぐっている。

バーコード禿げが、店の中を見回す。すぐに、バカにしたような表情を浮かべた。確かに、大型の楽器店に比べれば、うちは小さい。置いてある楽器も少ない。そんな店内を、バーコード禿げはバカにしたような表情で眺め回している。

〈やっぱり三流か……〉僕は、胸の中でつぶやいた。二流、三流の人間ほど、まずは見た目でものごとを判断する。その事を、21年間の短い人生で僕は学んでいた。

それでも、バーコード禿げは上着のポケットから名刺を取り出した。向かい合っている俊之と僕に、うやうやしく名刺を差し出す。

まず、ギター・メーカーの社名。そして、〈新規開発本部　統括本部長〉という大げさな肩書き……。

俊之や僕が、それを見ても全く表情を変えないので、バーコード禿げは明らかに不満そうな表情になった。僕はもちろん、一流企業にいた俊之にとっても、そんな肩書きは何の意味も持たないのだろう……。

涼夏は、カウンターの中にいる。匠は、こちらに背中を向け、壁ぎわにあるギターを眺めて客のふりをしている。やがて、バーコード禿げは、僕が持っている年代物のテレキャスターを見た。ビニールテープで貼りつけてあるピックアップも見た。

「……これは、何だ」とつぶやいた。

♪

「これはギター……。見た事ないのかな？」

僕は言った。バーコード禿げの表情が、固まっている。からかわれているのかどうか、判断しようがないらしい……。やがて、

「ギターは、わかってる。音は出るのか」と高飛車に言った。明らかに怒っている……。

「たぶん、出るはずだが……」と僕。店の隅から、シールド・ケーブルを持ってきた。

まず、ジャックをギターに差す。そして、アンプにも接続した。

アンプのボリュームは、かなり上げる。そして、電源を入れた。とたん、バリバリ！

と凄い音が店内に響いた。

バリバリバリ！　という爆音は、響き続ける……。♪

接触不良。いま僕が隅から持ってきたケーブルは、ひどく古いもので、劣化している。特に、ギターやアンプに差し込むジャックという金属部分がボロボロと言ってもいい。捨てるつもりで、店の隅に放ってあったものだ。バリバリという爆音は響き続ける。

「なんだ!?」とバーコード禿げとデブ。耳をふさいで叫んだ。

聴覚が敏感な涼夏は、とっくに両耳を手でふさいでいる。匠は、むこう向き。その肩が、震えている。どうやら笑っているらしい。

「おかしいなぁ……」と僕。アンプのボリュームをもっと上げた。爆音が、さらに大きくなる。

「もういい！」バーコード禿げが叫んだ。耳をふさいだまま、店を飛び出していく。デブも後に続く……。

30　エンドレス・サマー

「みごと！」と匠。愉快そうに笑いながら、

「最高だったな、ギター少年」と僕の肩に手を置いた。「だから、ギター少年ってのはやめろって言ってるだろう、爺さん」僕は苦笑いしながら、匠の手を払いのけた。

もう、アンプの電源は切ってある。響いていた爆音もやんでいる。

「ところで、そいつの音を聞かせてくれないか」

と匠。俊之が新しいピックアップを装着したテレキャスターを見た。僕は、軽くうなずく。新しいシールド・ケーブルを取り出す。ギターとアンプにつないだ。

アンプのスイッチ、ＯＮ。とりあえず、Ｅのオープン・コードをさらりと弾いた。

そして、Ｃ……C_7……Ｆ……。さらに、ワン・フレーズ弾く。彩子のＤＶＤのために

作ったオリジナルのバラード。その1コーラス目を弾いてみた。

アンプから、音が流れ出た。響いたというより、流れ出たという方が似合う音だった。音が、細く繊細……。だが、弱いのではなく、しっかりした芯のある音……。

そして、どこか温かみのある音だった。

涼夏が、目を閉じた。じっと耳をすましている……。匠も、腕組み。それを聴いている。

口をへの字に結び、ひたすら無言……。この爺さんが、何かを気に入ったときに見せる表情だ。やがて、かすかにうなずいた。やはり、無言……。


♪


「あえて、ピックアップを1個だけに？」

と匠が訊き返した。俊之は、うなずいた。

「もともと、疑問があったんだ。ギターには、なぜ2個3個のピックアップが必要なのか……」と言った。エレクトリック・ギターで最も多いのが2個のピックアップを搭載したものだ。

もちろん、それには理由がある。

AとB、2つのピックアップが前《フロント》と後ろ《リア》に搭載されている場合……。

ピックアップ・セレクターを操作し、Aのピックアップで音を拾った場合と、Bのピックアップで音を拾った場合では、音色が変わる。

さらに、両方のピックアップで音を拾うことも出来、また違う出音になる。

そうなると、一台のギターで、3種類の出音が使える事になる。

「それは、ある意味で便利。言ってみれば、器用なギターだ」と俊之。

「器用なギターか……」と匠がつぶやいた。その頭の中で、何かがひらめいたようだ。

「だが、今回私が作ってみたかったのは、その逆で、不器用なギターという事かな……」俊之がつぶやいた。

匠の目が鋭く光った。腕組みをしたまま、はっきりとうなずいた。2回、3回、うなずく……。

「不思議な巡り合わせだな……。実は、私も同じ事を考えていたんだ」と言った。

「もし、演奏中にころころと音を変えたいなら、ギターとアンプの間に、エフェクターを入れればいい」

と匠。僕は、軽くうなずいた。プロ・アマ問わず、多くのギタリストが、さまざまなエフェクターを使って音に変化をつけている。

「しかし……この1《ワン》ピックアップはいい……なんとも潔《いさぎよ》い……」と匠。その目が、子供のように輝いている……。目の前にいる俊之をじっと見た。

「ギター少年……いや、この哲也から、あんたの事は聞いたよ。一流企業を飛び出して、ギターをいじる仕事をはじめたと……」俊之は、苦笑い。

「とんだ馬鹿者だと周囲からは言われてたてね……」とつぶやいた。匠も笑顔になって、

「馬鹿者、けっこう。馬鹿者が作る不器用なギター、さらにけっこう」と言った。右手を差し出し、俊之と握手した。

♪

「ピックアップが1個だと、配線がシンプルになるな……」と匠。俊之がうなずき、

「ピックアップ・セレクターもいらないから、そこも簡略化される」と言った。

「その分、ボディーの空洞部分を広くとれるな……」匠がつぶやいた。いま、匠が開いたギターの設計図を間に、熱い言葉が交わされていた。やがて、匠が顔を上げた。

「ビールぐらいないのか」と言った。僕は、うなずく。涼夏が冷蔵庫から、缶ビールを出してくる。僕は、その1缶を匠に渡した。

「なんだ、国産か。ハイネケンはないのか?」と匠。僕は苦笑い。

「わがままな爺さんだな。それで我慢しろよ」

♪

「ところで、哲也」と匠が言った。俊之との打ち合わせが、一段落したところだった。

「ネックだが、当然、幅や厚みにこだわりがあるだろう……。弾くのはお前さんだからな」と匠。

エレクトリック・ギターのネックといっても、その幅、長さ、形状はさまざまだ。二大メーカー、フェンダーとギブソンでは、かなり違う。そして、同じフェンダーの中でも、モデルによって微妙に違うのだ。

「一番弾きやすいのは、どれだ?」

と匠。僕は、飲んでいた缶ビールを置く。店の倉庫に行く。一台のギターを持ってきた。

フェンダーのストラトキャスター。ボディーは黒。ピックガードは白。E《エリック》・クラプトンのシグネチャー・モデルだ。かなり使い込んである。

「弾きやすいネックというなら、たぶんこれかな」僕は言った。

「ストラトか……」匠は、それを手にした。ネックを持った。10秒ほどして、

「ナット幅が少し広いな……。44ミリか……」とつぶやいた。僕は、少し驚いていた。

このモデルは、ほかのストラトキャスターより微妙にネックの幅が広い。

〈ナット幅〉という、一番細いところの幅……。ほかのストラトでは、その幅が43ミリという仕様が多い。が、このクラプトン・モデルでは、44ミリになっている。しかし……。その1ミリの違いを、触れただけで読み取るとは……。

僕がその事を言うと、匠はかすかな笑顔を見せ、

「私の指は、メジャーより正確なんだ」と言った。


♪


「このストラト、もしかして、お前の親父さんがよく弾いてなかったか？」匠が言った。

僕は、うなずいた。

「それは、親父が昔から弾いてたものだよ」と言った。

「そうか、道雄が……。で、これがお前さんにも弾きやすいのか？」

僕は缶ビールを手にして、またうなずいた。「親父と、指の長さが同じなんだ」

19歳になった頃、僕の身長は父と同じになった。そして、手の大きさ、指の長さも……。その事を言うと、匠は無言でうなずいた。手にしたストラトを見ている。カウンターの中にいる涼夏も、少し複雑な表情でそのストラトを見ている……。

窓から差し込む黄昏の陽射しが、ストラトの弦に光っていた……。


♪


その日の午前11時。僕のスマートフォンに着信。彩子だった。

「哲っちゃん、今日、油壺に行くのよね」

「ああ、もう少ししたら出るつもりだけど」と僕。昨日、油壺の匠から連絡がきたのだ。

〈ネックの部分がほぼ出来た。そいつを握って、具合を見てくれ。まあ、服で言えば仮《かり》縫《ぬ》いみたいなものかな〉という。僕は、涼夏を連れて、もうすぐ出ようとしていた。

「父が、朝から油壺に行ってるんだけど、工具の忘れ物をしたって、さっき電話がきたの。哲っちゃんが来るらしいから、一緒に持ってきてくれって」と彩子。

「じゃ、店に来てくれ。待ってるよ」


♪


「親父さん、毎日、油壺か？」ステアリングを握って僕は彩子に訊いた。彼女を乗せて、走りはじめたところだった。

「1日おきには、行ってるわ」彩子が後ろのシートで言った。僕は、うなずいた。俊之と匠が出会った日から、そろそろ2週間。8月も終わりに近づいていた。

「熱心……というより、のめり込んでるみたいだな」と僕。「父らしいわ……」軽く苦笑して、彩子が言った。


♪


油壺に着くと、久美が僕らを出迎えた。またさらに陽灼けしている。

涼夏と久美は、にぎやかにしゃべりはじめた。別荘から出てきた則子が、

「二人なら、あっちよ」と言った。苦笑いしながら、「お昼を食べるのも忘れてやって

るわ」と別荘のそばのギター工房を指差した。僕らは、そっちに歩いていく……。工房を覗くと、

「アウトプット・ジャックは、ここかな？」

「いや、もう3ミリほど外側の方が……」と、匠と俊之の声が聞こえた。二人は、作業台に向かっている。ギターは、かなり形になってきていた。やがて、俊之が顔を上げた。彩子に気づく。

「はい、忘れもの」と彩子が、小型の工具箱を差し出した。

「ああ、すまない」と俊之。そのとき、則子が顔を出して、

「そろそろお昼にしましょう」と言った。

♪

「……これなんだが……」と匠。ギターのネック部分を僕に見せた。

別荘で則子が作ってくれたBLTサンドイッチを食べた後だった。工房の外で、匠が作りかけのネックを僕に見せたのだ。まだ、制作の途中だとは、すぐにわかった。フレットは打ってある。が、弦を巻くペグはまだついていない。

僕は、それを持ってみた。ネック幅、44ミリ。Vシェイヴの形状。あのクラプトン・モデルと同じだ。みごとに手になじむ……。僕が、その事を言うと、

「……それは、クラプトン・モデルと同じだが、同時に、あのとき道雄から要望をきいて作ったものとも同じ仕様だ」と匠。

「あのとき？」

「ああ……。約7年前、あのマホガニー製を完成させたときだ。親父さんが、一度だけスタジオ録音で弾いて、それを怒った私が叩き壊してしまった、あれを作っていたとき、道雄からの要望を聞いて仕上げたネックとも寸分違わない……。道雄も、そのネックが一番弾きやすいと言っていたよ」匠は、言った。

♪

赤トンボが、僕らの前を飛び過ぎていった。そろそろ夏が終わりに近づいているのだろう。

「同じネックが手になじむ……。なんだかんだ言っても、やはり親子だな……」微笑しながら、匠が言った。

僕は、手にしたギターのネックをじっと見つめていた……。打たれたフレットに、8月末の、まだ熱い陽射しが反射している。

「……親父さん、道雄の事で、何か考えているのか？」と匠。

しばらくして、僕はうなずいた。

「あらためて……あの人生は、どうだったのかと考えているよ。ミュージシャンとしてはあまり売れず、カミさんには逃げられ、酔って車にはねられて……」と僕。軽くため息。「やはり、失敗した人生だったのかな……」とつぶやいた。

匠は、しばらく無言でいた。そして、「さあ……」とだけ口にした。


♪


「あの二人、子供みたい……」と彩子が微笑した。いまもギター工房で作業をしている匠と俊之の事らしい。

「お昼を食べるのも忘れて……なんて、夏休みの子供みたい」と彼女。僕は、うなずく。

「子供みたいじゃなくて、まるで子供なんだよ」と苦笑した。

午後4時。僕らは、車のそばで久美を待っていた。

あと2日で8月は終わる。9月1日から、小学校がはじまる。けれど、匠と俊之のギター作りは、あと1カ月ぐらいかかるという。

その間、久美を葉山のうちで預かって欲しいと匠。うちから、学校に通わせて欲しいと言った。

僕はオーケイと言い、涼夏は嬉しそうな表情になった。

いま、涼夏が手伝って久美は荷造りをしている。僕と彩子は、車の近くで待っていた。

彩子は、潮風を胸に吸い込む。

「もうすぐ夏は終わるのに、あの二人は、エンドレス・サマー……」とつぶやき、ギター工房の方を見た。

エンドレス・サマー……。終わりなき夏……。かつてサーフィン映画のタイトルにもなった……。彩子らしいつぶやきだった。

やがて、久美と涼夏が別荘から出てきた。二人とも大きなバッグを持っている。

僕らが手伝って車に載せていると、則子が見送りにきた。すると久美が、

「お爺ちゃんをよろしくお願いします」と則子に言った。

「頑固で扱いづらいと思うけど、くれぐれもよろしく」と頭を下げた。

則子は、ただ苦笑いしている。その表情が、会うたびに柔らかくなっているのに、僕は気づいていた。僕らの頭上。3、4匹の赤トンボが風に漂っていた。その羽が、遅い午後の陽射しに光っている。

31　虹の彼方は、どんなだろう

「水着の灼けあとが薄くなるって、ちょっと淋しい……」と久美の声が聞こえた。夜の9時過ぎ。僕が、風呂場の前を通りかかったときだった。

今夜も、涼夏と久美は一緒に風呂に入っている。

久美を預かって、そろそろ1カ月。あれだけ陽灼けしていた久美の体からも、水着の灼けあとが少しずつ消えはじめているらしい。僕は、風呂場の前を通り過ぎ、自分の部屋に……。そのとき、スマートフォンが鳴った。かけてきたのは匠だった。

「久美は？」

「相変わらず元気だよ」と僕。週に一回ぐらい、匠からの電話はきていた。

「ところで、完成したよ」

「……ギター？」

「そうだ。明日にでも来てくれ」と匠。僕は、うなずいた。ちょうど明日は土曜で学校は休み。久美も連れて行くと僕は答えた。

♪

「お爺ちゃん！」と久美。車を降りると匠に駆け寄った。

「元気そうだな」

「お爺ちゃん、則子さんにわがまま言って迷惑かけなかった？」と久美。則子は、苦笑いしている。僕と涼夏も車を降りた。午後の陽射しが、入江の海面に照り返している。僕は、目を細めた。

9月終わりの海辺は、微妙な季節だ。夏から秋へのハロー・グッバイ……。

海水温が下がるのは、気温が下がるより1カ月ほど遅れる。なので、いまはまだ夏の水温。空気の中にも、まだ夏の気配が残っている。

けれど、ときおり海辺を渡る風は、サラリと乾いて、少しひんやりした初秋のものだ。

そんな風の中、4、5羽のカモメが漂っている。

♪


「これ……」と匠。そのギターを、僕に差し出した。別荘のベランダだ。

僕はそれを手にして、じっと見た。美しく、凛とした佇まいのギターだった。

ボディーは、少し赤みがかったマホガニーむくの色。そして、真鍮の色をしたハムバッカー型のピックアップが1個だけ……。

赤みがかったマホガニー材と真鍮の色が、絶妙な組み合わせだった。

大きさは、ほぼテレキャスターと同じ。Fホールが左右にある。

ボリュームとトーン、2つのコントロール・ノブは、ピックアップと同じ真鍮の色をしていた。ノブは、かなり端に取り付けられている。演奏中に、素早く音量や音質を変えるのは難しいだろう。

〈不器用なギター〉そのものだった……。僕は、それを膝にのせる。軽くFのコードを弾いてみる。中が空洞に近いらしく、アンプにつながなくても、そこそこの音が出る。

聞いたことがない、限りなく透明な出音だった……。匠が、かすかにうなずいた。

「コードを押さえる指の形が、親父さんそっくりだな」とつぶやいた。

♪


ぽつりと、匠が口を開いた。

「このギターを作りながら、ゆっくりと考えたよ。親父さん、道雄の事を……」

僕は、匠の横顔を見た。

「この前、つぶやいてたな。親父さんの人生は失敗だったのかなと……」と匠。頭上を漂っているカモメを眺める……。

「しかし、人生の失敗や成功とは何かな……。たとえば成功した人生とは何だろう……。築いた財産？　くだらない。昇《のぼ》りつめた地位？　馬鹿馬鹿しい……。私が思うに、成功した人生も、失敗した人生もない。あるとすれば、いい人生と、そうでない人生という事じゃないかな？」彼は言った。

「……それなら、いい人生ってやつは？」

と僕。匠は、またしばらく風に漂っているカモメたちを眺めている。

「……そう……いい人生というのは、何かを一途《いちず》につらぬいた人生じゃないかな？　たとえ不器用でも、他人からは不遇だと思われても……」と匠。「その意味では、親父さんの人生は、さほど悪くない人生だったんじゃないかと私は思う」

と言った。そして、微笑……。

「まあ、お前さんみたいな若造にも、いずれわかるさ」と言い、僕の肩を軽く叩いた。

ベランダから別荘に入っていった。そこには、則子が微笑して立っている。


♪


「これ……」

涼夏がつぶやいた。ギターのヘッドに顔を近づけて見ている。5センチぐらいまで目を近づけて、じっと見ている。

ギターのヘッド。〈MAHOGANIE《マホガニー》〉のロゴが入っている。そして、そのそば……。

小さ目の文字……。〈Michio Model《ミチオモデル》〉と入っていた。

僕も、さらに目を近づける。けれど間違いない。〈道雄モデル〉の文字……。

「……これ、匠さんが……」と涼夏。僕は、うなずいた。

深呼吸を3回……4回……。かつて、父とともに作ったギター。もう会うことのない男との過ぎた日々……。その思いを込めて、匠はこの文字を冠したのだろうか。たぶん……。

僕の胸に、こみ上げるものがある……。

♪

頭上で、チイチイというカモメの鳴き声……。

僕は、ゆっくりと〈虹の彼方に〉のイントロを弾きはじめた。限りなく優しく、ほんの少し切ない音が流れる。

C……Em……F……G7……。

涼夏が、ささやくような小声で、サラリと歌詞を口ずさみはじめた。

入江を渡ってくるゆるやかな潮風が、涼夏の歌声を運んでいく……。

彼女が口ずさんでいる虹の彼方には、どんな未来が待っているのだろう……。僕はふと、そんな事を考えながら、ギターを弾いていた。遅い午後の陽射しが、銀色の弦に光っている。

夏が、終わりに近づいていた……。

あとがき

そこには、いつも音楽が流れていた。

初めて女の子を意識したのは、確か9歳の頃。僕の家は本郷にあったが、隣りに住んでいた家族の父親はアメリカ人だった。エミーというハーフの娘《こ》がいて、僕らはよく一緒に遊んだ。彼女の家に入るといつもクッキーを焼く匂いがしていた。ドーナッツ盤から流れていたのは、P《パット》・ブーンの〈砂に書いたラブレター〉だった。

中学二年で初めてバンド演奏をした。ドラムスを叩き練習した曲はザ・ローリング・ストーンズの〈Ruby Tuesday《ルビー・チューズディ》〉だった。

大学に入った初日、キャンパスで聞こえてきたのはディープ・パープルだった。

28歳でLAに行ったのは、CFのロケだった。南カリフォルニアの乾いた風に運ばれてきたのはR《ライ》・クーダーの演奏だった。

小説の新人賞、その知らせをうけたのはハワイ・ロケの5日目。真夜中のローカル放送局からは、S《ソニー》・リムが弾くスラック・キー・ギターが漂っていた。

この作品を書きはじめた去年の夏、カー・ステレオのFMヨコハマからは、米津玄師《よねづけんし》とあいみょんの曲が流れていた。

そしていま、B《ビリー》・アイリッシュの新曲を聴きながら、僕はこのあとがきを書いている。

NO　MUSIC　NO　LIFE《ノー・ミュージック・ノー・ライフ》……。

この小説は、約1年前に出した『A_7　しおさい楽器店ストーリー』の第2弾。〈音楽好き〉というより〈音楽がないと生きていけない人々〉と一台のギターをめぐる物語だ。葉山にある小さな楽器店という舞台、哲也《てつや》や涼夏《すずか》など主要な登場人物は前作と共通しているけれど、完全に独立した一編のストーリーとして書いた。

『A_7』は光文社文庫の園原行貴さんとのダブルスでスタートした。園原さんが単行本の部署に異動したので、以前から流葉シリーズなどを担当してくれていた藤野哲雄さんにバトンタッチすることになった。いずれにせよ、このシリーズを送り出すにあたり、お二人のサポートには深く感謝します。

この本を手にしてくれたすべての人に、ありがとう。また会えるときまで、少しだけグッドバイです。

初雪の舞いそうな葉山で　喜多嶋　隆

★お知らせ

僕の作家キャリアも39年をこえ、出版部数が累計500万部を突破することができました。そんなこともあり、この10年ほど、〈作家になりたい〉〈一生に一冊でも本を出したい〉という方からの相談がきたり、書いた原稿を送られてくることが増えました。

その数があまりに多いので、それぞれに対応できません。が、そのことが気にかかっていました。そんなとき、ある人から〈それなら、文章教室をやってみてもいいのでは〉と言われ、なるほどと思いました。少し考えましたが、ものを書きたい方々のためになるならと思い、FC会員でなくても、つまり誰でも参加できる〈もの書き講座〉をやってみる決心をしたので、お知らせします。

講座がはじまって約4年になりますが、大手出版社から本が刊行され話題になっている受講生の方もいます。作品コンテストで受賞した方も複数います。なごやかな雰囲気でやっていますから、気軽にのぞいてみてください。（体験受講もあります）

喜多嶋隆の『もの書き講座』

（主宰）喜多嶋隆ファン・クラブ

（事務局）井上プランニング

（案内ホームページ）http://www007.upp.so-net.ne.jp/kitajima/〈喜多嶋隆のホームページ〉で検索できます

（Eメール）monoinfo@i-plan.bz

（ＦＡＸ）０４２・３９９・３３７０
（電話）０９０・３０４９・０８６７（担当・井上）

※当然ながら、いただいたお名前、ご住所、メールアドレスなどは他の目的には使用いたしません。

光文社文庫

文庫書下ろし

B♭《ビーフラット》　しおさい楽器店《がっきてん》ストーリー

著者　喜《き》多《た》嶋《じま》隆《たかし》

2021年2月20日　初版1刷発行

発行者　鈴木広和
印刷　萩原印刷
製本　ナショナル製本

発行所　株式会社　光文社
〒112-8011　東京都文京区音羽1-16-6
電話（03）5395-8149　編集部
8116　書籍販売部
8125　業務部

落丁本・乱丁本は業務部にご連絡くだされば、お取替えいたします。
ISBN978-4-334-79108-7　Printed in Japan

組版　萩原印刷